06

へんしん不要

餅井アンナ

目次

「元気？」と聞かれるとちょっと困る

二〇一八年三月

こんにちは、調子はどうですか。挨拶代わりに「元気ですか」と聞かれると、ちょっと言葉に詰まってしまう。私はもうずっとそんな感じです。だから、ここでは元気の有無は聞かないことにします。元気があってもなくても、調子が良くても悪くても、あなたがこのお便りを読んでくれていることが嬉しい。今お便りを開いているそこは、どんな場所ですか？　自分のお部屋でしょうか。飲み物を出してくれるようなお店でしょうか。それとも、何か乗り物の中でしょうか。どこであっても、そこが居心地の良い場所であったらいいなと思います。ちなみに私はこのお便りを、散らかった部屋の、さらに散らかったベッドの上で書いています。

急に暖かくなったり寒さが戻ってきたり、忙しない日が続きますね。冬の間は寒さにやられて鬱々としていたものですが、季節が変わったら変わったで、今度は春先特有の不安定な感じにやられてしまう。気温の上がり下がりに体調を左右されるのもしんどいし、時折ワーッと心を掻き乱してくる「とくに根拠のない焦り」、これは一体なんなのでしょう。できることならもっと上手に四季と付き合いたい。

思い返せば、冬は気持ちが落ち込んで籠りがちになるし、春は春でそわそわして落ち着かない。梅雨どきは低気圧に押し潰されて動けないし、夏の盛りは体温調節がうまくいかなくてぐったりしてしまう。台風がぽこぽこ生まれ始めるともう全然だめで、秋がきて空気の匂いが変わると、心臓がキュッとして「もう勘弁してください」と泣き出したくなる。四季折々の不調に翻弄され、一年を通して元気なときがない。そんな状態がもう四、五年ほど続いています。お分かりかと思いますが、情緒もだいぶ不安定です。

今は知り合いの会社から作業をもらったり、アルバイトで日銭を稼いだりしながら、家で書き物の仕事をしています。だいたい週のうち三日か四日くらいは寝込んでいる有様なので、会社に勤めている人と比べたら全然働けていません。雨が降ると寝込み、気圧が下がると寝込み、つらいことがあっても寝込み、電車に乗ったり、人の多い場所に行ったりしても寝込む。なので家ではだいたい、ベッドの上でリポビタンDなどを舐めながらキーボードをポチ……ポチ……と打つことになります(今がまさにそれ)。

そもそも外へ出かける試みが成功することも稀で、だいたいは朝布団から出られなかったり、シャワーを浴びようとして浴びられなかったり、外出という行為に対する緊張から激しめの動悸に襲われたりして、途中で挫折することが多いです。運よく家を出られても、駅の人混みで動けなくなったり、電車を途中下車したりして、「すみません」と謝罪のメッセージを送るはめになる。間違いなく会社員にはなれない人材です。大学を周回遅れで卒業して一年、私はいまだに実家からの仕送りをもらいつつ、このように不安定な暮らしを送っています。

これが病気なのか体質なのか性格なのか、はっきりとしたことは分かりません。たしかに一種の病み上がり状態ではあるのですが(これについては追い追い書きますね)、じゃあこれがいつか完全に良くなるのかと言われればならない気がするし、自分がその状態を異常だと感じているかと言われればそういうわけでもない。もう調子が悪いのが普通というか、色々な要素が溶け合った結果の「こういう感じ」なんだろうなぁと思っています。歯がゆかったりしんどかったりもするけれど、「こういう感じ」なりにどうにかやっていくしかない。全然胸は張れないし、多くの場合はお布団に這いつくばっているんですけど……。

直接会って楽しくお話ができたらいいけれど、私にはあまり元気が足りていない。だからこれから毎月、お便りで近況をお伝えしようと思っています。基本的に家の中で体調を崩したり、精神の安定を欠いたりしているだけなので、あまり面白いものではないかもしれません。全然エキサイティングではないし、どちらかと言えばかなりダウナーです。さらに、頭の容量がいっぱいになってしまったときや、へとへとに疲れきってしまったときには、すみませんがお休みします。

年がら年中このような調子ではありますが、どうにか腐らずに暮らしていくつもりですので、お天気が良くないときや元気の少ないとき、夜中にうまく寝付けないときなど、少しの暇つぶしと気休めになれば幸いです。それでは。

✉ 就活を頑張るあの子は偉い、就活を頑張らなかった私も偉い

二〇一八年四月

こんにちは、調子はどうですか。

桜も散り始め、街にリクルートスーツを着た学生さんの姿が現れるようになりました。先日、少しの間実家に帰る用事があったのですが、地元に向かう新幹線の車内にもスーツ姿で居眠りをする男の子などがおり、偉いなぁ、あんなにぴっしりジャケットまで着ていたら肩が凝るだろうなぁ、移動中だけでもだらしなくしていていいのに、と尊敬といたましさが半々くらいの気持ちに襲われました。ちょっと涙も出そうだった。もしも私が大富豪だったら、「これでおいしいものでも食べなよ」と道ゆく就活生全員の手のひらに一万円札を握らせることでしょう。

就活を頑張っている人たちは偉い。ものすごく偉い。異常に心を揺さぶられてしまうのは、自分が就活を投げ出した人間だからかもしれません。ちょうどその当時、私は精神的に不安定で、電車に乗ったり人混みに出て行こうとするたびにパニックの発作を起こしていました。そんな状態では自信など持てるはずもなく、また分析するべき自己がぐらぐらに崩れ去っていたため、面接で「自分の長所をアピールしてください」と言われたところで、ますますパニックになるだけでした。そもそも自分が会社で働けている図というのがまったく想像できません。毎朝決まった時間に起きることもできなければ電車にも乗れない。大学の教室ですら、人気の多さに耐えきれず脱走するような有様です。結局、正統派の方法で就職するのは諦め、今の不安定な暮らしに至るのですが、そのことについてはやや引け目を感じています。

大学の後輩たちが就活をしているとき、彼女たちの悩みや不安に対して、私は有益な助言というものが何一つできませんでした。早々にドロップアウトした私は「就活なんかしなくたってどうにかなるよ」「やばいと思ったらすぐに逃げたらいい」などと無責任なことしか言えません。ちゃんと就活をこなしてきた人だったら、少しは彼女たちの助けになれただろうか。そんなことを考えては若干情けない気持ちになっていました。
だけど最近、そんな自分宛に進路の相談がちらほらと舞い込むようになってきました。メンタルや体調面に不安があり、正社員として働くことに不安を感じている。フリーで文章を書く仕事につくにはどうしたらいいのか……。自分と似たような境遇で悩んでいる人に向けて返事を書いていると、就活がうまくいかなかったことも、散々悩んだりもがいたりしたことも、どこかで人の役に立つんだなと思えてくるのでした。就活をしたい人には就活がうまくいった人の経験が、就活をしたくない人には就活ができなかった人の経験が、それぞれしっくりくるのかもしれません。「就活から逃げたっていい」という言葉が役に立つ人だっているはずです。

「就活なんかしなくていい」。赤の他人に対してこう言ってしまうのは、無責任なことだと思います。きっと周囲の良識のある大人たちは、そんなことは言わないでしょう。でもみんなが「ちゃんとしよう」という言葉をかけるのであれば、一人くらい「ちゃんとしようとしなくていいよ」と言う人間がいたっていいんじゃないか。私自身、そう言ってくれる人の存在に救われた経験があります。

それに、就活を頑張ってやり遂げた人たちも偉いけど、就活をさっさと諦めて、他の道に逃げ込んだ自分だって偉いのではないだろうか。あのまま惰性の「ちゃんとしなきゃ」で就活を続けていたら、今頃もっとひどいことになっていたでしょう。

数日前、初めて一緒に仕事をすることになった会社へご挨拶に行きました(ルーチンや義務になっていない突発的な用事だと、意外と勢いづいて外に出られるのです)。そのときに、就活中にあんなに苦手だった「自分の長所をアピールすること」が、ごく自然にできていることに気がつきました。場所に合わせた文体で文章が書けます。エッセイやコラムだけではなく、書評やインタビューの構成もできます。インタビュアーの仕事は、話し上手な人より、口下手な人と一緒に考えながら話を聴いていく方が向いていると思います。テープ起こしの作業は苦手なのでお任せしたいです……。長所だけではなく、短所だと思っているところも構えることなく伝えることができて、とても驚きました。リクルートスーツを着てしどろもどろになっていた面接をやり直させてもらえたような気分です。

「これが二年前にできてたら、内定もひとつくらい取れてたんじゃないかなぁ」と調子に乗ったことも考えましたが、内定が取れず、むしろそれでもこの二年どうにかやってこれたことでついた自信のような気もします。その日は晴れ晴れとした気持ちで帰路につくことができました。

正直、今の暮らしはとても安定しているとは言えないし、お金や将来のことを考えると、広々とした暗闇に放り込まれた心地になります。実家からの援助がなければ、東京で一人暮らしを続けることもできない。月の収入が一万円を切ることだってあります。税金や年金や保険料なんかも、払っている額は平均よりずっと安いはずです。

不安と居たたまれなさに取り憑かれて、夜中に求人サイトを巡ってしまう日もあります。会社勤めをすれば、毎月これだけのお金が手に入るのか。しかも社会保険つき。揺さぶられた心は、しかし「午前九時出勤」「週休二日制」の文字に速攻で折れます。絶対に無理。クローゼットの中から親に買ってもらったリクルートスーツを見つけて、「無駄にしちゃってごめんなさい」と謝りたくなる。そんな日もあります。

自分の仕事や働き方が、この先どうなっていくのかは全然分かりません。それでも、自分が潰れてしまう前に、別の道に逃げ込むことができた。まだまだ自分一人を養えるだけの収入もないけれど、とりあえず生きてご飯を食べられてはいる。ならば今は、それだけで十分偉い。

クローゼットの中で眠るリクルートスーツは、いつか誰かに譲ることにしましょう。もしほしい人がいれば、連絡ください。それでは。

✉ 感情がでかすぎる

二〇一八年六月

お久しぶりです。三ヶ月目にしてさっそくお休みをいただいてしまいました。
もうすっかり梅雨ですね。調子はどうですか？　私は低気圧にやられて体が鉛のよう、頭もぼーっとして毎日がとても憂鬱です。昨日は暗い気分で洗い物をしていたところ、気に入っていたカップを手落とし、見事に欠けさせてしまいました。そこからどんどん悲しい気持ちが膨らんでいき、直近の失敗が次から次へと脳裏をよぎり、動悸がし、呼吸が浅くなり、自分を責める内容の幻聴が聞こえ始め、最終的には「もう何もかもだめ」とふて寝をしました。

もちろん食器は使っていれば壊れていくものだし、「何もかもだめ」なんてことはないのも知っています。だけど一度そういう気持ちが生じてしまうと、もう自分の力ではどうしようもないのです。私は感情が大きい。それも怒りとか、悲しみとか、恨みとか、憎しみとか、嫉妬とか、執着とか、哀れみとか、きれいな色をしていない感情ばかりが巨大な気がします。

少し前も、それはもう気持ちが穏やかでなくなる出来事がありました。かといって、別に一日じゅう心が負の感情に支配されていたわけではありません。大半はぼんやりと、そこそこ穏やかな気持ちで過ごすことができていました。しかしふとした瞬間、めらめらっと燃え上がるものがある。初めは小さな火だったのに、「あれ、なんだか燃えてるっぽい、でもそのうち消えるでしょ」と思ってぼんやりしていたら、それはいつの間にか、自分の体ごと焼くような大きな炎になっていました。

情念を燃やす。身を焦がす。はらわたが煮えくりかえる。ものすごい量のカロリーを消費します。ご存知の通り、私は笑っちゃうくらい体力も気力もありません。だから怒ったり悲しんだりするときにはいつも自分の感情に振り回されてへとへとに消耗してしまうし、なんなら寝込みます。だけど布団の中ではずっと目をぎらぎらさせている。いっそドカンと景気よく爆発してくれればいいものを、いつまでもいつまでも音を立てずに燃えているのです。「私はひ弱な人間です」みたいな顔をしながら、分不相応なくらい巨大で邪悪な気持ちに取り憑かれている自分。すごく汚くてみっともない化け物のように感じられます。

めらめらしながら、はらだ有彩さんの『日本のヤバい女の子』を読みました。虫愛づる姫君やイザナミ、牡丹灯籠のお露や清姫といった、昔話に登場する女の子たちを描いた本です。彼女たちはみんな感情がでかい。本の中にはしばしば、人間の身には余る巨大なエモーション――怒りや悲しみ、あるいは恋情――によって化け物となってしまった女たちが登場します。彼女たちのどろどろに煮えたぎる情念は、けっして清らかに澄んだものではありません。だけど著者のはらださんは、それを絶対に否定しないのです。「たとえ人として生きるのをやめ、誰もが恐れる化け物になってしまっても、これがあなたの人生であることは変わりがないのだ」と肯定してくれる。何回も読んで、何回も泣きました。

みんな大なり小なり、燃える火のような感情を心に飼っているのかもしれません。恐ろしいしぶっちゃけ面倒なんて見きれないし、できるならば存在しないものとして扱いたいけれど。ときには手を噛まれて無残なやけどだって負うでしょうし、傷でぐずぐずに膿んで、水ぶくれまみれの自分の体を、見ていられないくらい醜いと思うかもしれない。しかも、時間が経って癒えたにしろ、傷跡はしっかり残っちゃったりするんですよね。それはとても耐えがたいことだし、いっそ消え失せてしまえれば全部きれいになるのに、と感じることすらあります。

もっと年をとって大人になれば、この火はひとりでに小さく、穏やかになっていくのでしょうか。だとしても、今の私にはそれをとどめることができない。このひと月、ずっとそれをやってみようとしたけれど駄目でした。見ないふりをすればするほど火は大きくなるし、無理やり蓋をすれば弾け飛んでもっとひどいやけどを負う。だったらもう、諦めて火の中に飛び込むことしか私にはできない。怖いし痛いしみっともないけど、どんな感情がどんな色をして燃えているのかを、うんざりするくらい間近で見つめるしかないのだと思います。きっとあちこちが焼けてただれる。でも傷はたぶん、いつか治るでしょう。皮膚は毎日生まれ変わっていきます。跡はずっと残って、視界に入るたびに消え入りたくなる。でもまあ、傷跡だらけの自分として人生を続けていくことは、できなくもない気がします。

それに、案外自分の意志とは関係なく、人生とか、自分自身であることというのは、続いていってしまうものなのかもしれません。たとえば、みっともない気持ちを吐き出した私を「でもそれが餅井さんじゃん」と言ってくれる人たち。「もうこんなの無理」とご飯も食べずに布団に突っ伏している私のところへ、食べ物を届けてくれる人たち。そういう人たちの存在を知ってしまったら、自分のちょっとした（でも重大な）恥なんて飲み込んで、平気な顔をして生きていくしかないなと思ってしまいます。いや、平気な顔はちょっと難しいかもしれないけど、頭を抱えたり、もんどり打ったりしながらも、どうにかやっていくしかない。

相変わらず感情の火はでかいままですが、ちょっとだけ腹が括れたような気がします。めらめら燃える火を眺めながら、痛むやけどを保冷パックで冷やしながら、このお便りを書きました。

そういえばおかげさまで、私は先週二十五歳になりました。夜中にロイヤルホストでさくらんぼのパフェを食べて、かわいい猫のポーチをもらって嬉しかった。中にはハンカチやリップクリームなんかの、私を労わるためのものが入っています。リップクリームを塗れば、少しだけ私の表面がなめらかになる。やっぱりこれはもう、どうにかやっていくしかありませんね。

✉ ただ粛々と生きるのがどうしてこんなに難しいのか

二〇一八年七月

こんにちは、心穏やかに過ごせていますか？　私は全然穏やかじゃなくて、心の底から疲れ切っています。このお手紙も、眠れずに明け方の薄暗い部屋で書いているところ。感情を持て余したまま一人で起きているのは、とても心細いです。

なんというか、最近の現世、やばすぎませんか？　気候はめちゃくちゃだし、あちこちで大きな災害は起こるし、痛ましい事件や事故だって山ほど報道されている。なのに国の偉い人たちは自分のことしか考えていないし、東京オリンピックとか本気でやるの？　って感じだし、もうニュースを見るのが苦痛でしかありません。「パンダの赤ちゃんが一歳になりました」みたいな知らせばかりが届く世界であったらよかったのに。

当たり前といえば当たり前なのですが、今社会で起こっている出来事のほとんどが、私にとっては他人事です。生活の糧が雨風にさらわれていくこともなければ、安心して夜を越せる場所を失うこともない。自分や身近な人の存在を理不尽に奪われたりもしていないし、日々の暮らしだって、優雅ではないけれども耐え難いほど苦しいというわけではありません。だけどなぜか、あらゆるつらいニュースに対して気持ちが過敏になってしまう。落ち込む、ささくれる、引っ張られる。気がつくとツイッターの画面を開いていて、そこにある生々しい悲しみや憤りの声に、また心がめちゃくちゃになる。

これは私が思いやりにあふれた人間であるとか、そういうことではなく、ただただ自分と他者との境目が曖昧なのだと思っています。まだ自我が固まりきっていないのでしょうか、思春期の女子が友達の悩みを聞いてウワーンと泣き出す、あの現象と同じです。おのずと伸ばされる優しさとはまた違う、音叉の共鳴みたいなもの。それを目に入るすべての出来事に発揮していたら、そりゃあもう気が散って疲れますよね。結果、現在の私は日常に対する集中力を見事にすり減らしています。

もっと気を確かに持ちたい。気を確かに持って、ご飯をもりもり食べ、すやすや眠り、きびきびと働きたい。しかしどこかで「それって冷たい人間になるってことじゃないの？」と思う自分もいる。でも疲れきった顔で友人知人に会うと、みんな「今のあなたに周りのことを考える余裕はないはずだよ」と言ってくれます。私という人間にできることは限られていて、それを見極め、淡々とこなしていくことが自分にも周囲にも一番優しい結果になる。そのことだって理解しているのに、いつもうまくいかないのです。

まずは自分のことを大事にして、粛々とやっていくしかない。分かっているけれど、ただ粛々と生きるのがどうしてこんなに難しいんだろう。大きな災いがあったとき、千羽鶴を折りたくなる人の気持ちもわかる気がします。何かに淡々と集中したい。私は鶴を折る代わりにセブンイレブンで買ってきたモツ煮をレンジで温めて、ずっと噛んでいました。ぎゅも、ぎゅも、とやっているうちは少しだけ無心でいられることを発見して、ちょっとだけ救われた気がしました。

こういうのをもう少し、もう少しだけ上手に積み重ねられるようになりたい。今はまだ難しいけれど、徐々に身につけられたらいいなと思います。落ち着かない夜にはモツ煮、おすすめです。

「おいしい」と思うことの恥ずかしさについて

二〇一六年十一月

当たり前のことだけれど、人は食べなければ生きていけない。だれもがみな、毎日少しずつ、でもけっしてわりに合わない量のだれかの命を（私たちが一日生きるのに必要とするのは、だれかの一生ぶんの命だ）削りながら生きている。それはとても残酷な行為のはずなのに、そこにあるのはいつもよろこびだ。おいしい。うれしい。たのしい。もっと食べたい。そしてだれもそれを責めない。

三年前、大学生だった私は仲の良い友達とふたり、外で夕飯を食べていた。オムライスの店だったと思う。夏休みも残りわずかとなった時期で、あれこれと近況についてお喋りをしていると、そこに一通のメールが入った。大学の友達が事故で亡くなった、という知らせだった。ご飯を食べていた友達と私、そして亡くなった友達は、大学で同じ批評の演習を取っていて、教室や飲み会の席で、一緒に話すこともよくあった。あの子、事故で亡くなったって。そう伝えると、友達の表情が止まった。私も同じ顔をしていたと思う。ふたりともしばらく動きを止めていた。しかしテーブルの上には温かい食事が並んでいる。それを無視するわけにもいかないので、食べた。悲しみと衝撃のあまりご飯が喉を通らなくなるということもなく、ふつうに食べた。何を食べていたのかは忘れてしまったのに、なんだか妙においしかったことを覚えている。人が死んでもご飯はおいしい。

食事が終わって、友達の葬儀も終わって、私はどんどん耐えられなくなってきた。悲しい。悲しいはずなのに、人と話すのが楽しいこと。外に出て、買い物をするのが楽しいこと。テレビを見るのが楽しいこと。そして、ご飯がおいしいこと。ほかにもたくさん、自分をよろこばせることばかり考えている。何もかもが恥ずかしくてしかたなかった。眠れなくなり、寝すぎるようになり、食べられなくなっていった。

一人暮らしの部屋に引きこもって、お香典返しの大きくて平たい箱を開けてみると、そこには大量のクッキーがずらっと並んでいた。おびただしい、という、どこか不吉な響きのある（おそろしい、とただならない、を足して二で割ったような感じがする）言葉がぴったりだと感じた。私がそれまで地元で見知っていたお香典返しというのは、洗剤やだし昆布などの日用の消耗品で、箱から取り出してしまえば、すぐにつまらない日常のなかに紛れ込んでしまうようなものだった。しかしそのクッキーは、食べ終わる最後まで彼の死を忘れさせない。親御さんはそうしたかったのだろうか。そう考えるとおそろしく、つらい気持ちになった。クッキーはこんなにたくさんある。これだけは、自分ひとりで食べ切らなければならないのだという気がして、それからしばらく、家にいる時間はほとんどそのクッキーだけを食べて過ごしていた。

たまにふらふらと外に出て、人と会った。食べないと人に心配をかける。心配してほしい気持ちもたしかにあって、それがまた恥ずかしかった。人前で休み休み、箸を舐めるようにして食事を摂る。最後に、わずかな量しか食べられなかったことに、少し困った感じで微笑む。心配や同情を欲しがる人間のひな形のような態度だと、自分で思った。また友達の前でいかにも傷ついて食べられないという態度を取ってしまった。またひとりでは食事が摂れないといって男の人に頼ってしまった。かわいそうだと思われたかったただけじゃないのか。異性に頼ってみたかっただけじゃないのか。友達が死んだというのに、自分の気持ちのいいことばかり優先している。恥ずかしいことばかりだった。それでも、一緒に食事をしてくれる人たちは、徐々に食べられるようになっていく私を見て心からよろこんでくれた。たくさん食べられたね、と言われると少し恥ずかしい。それでも、そうしてよろこぶ顔を見ていると、もっと食べられるようになりたい、と思えるのだった。

私は、亡くなったその子のことを「友達」と呼ぶのが恥ずかしい。そんなに深い付き合いでもなかった。大学で会ったら挨拶をして、教室や飲み会の席でお喋りをするくらいの仲だった。同級生、と呼んでもいいはずなのに、それをわざわざ友達と呼ぶのは、その人の死を自分の中でことさら重大で、劇的なものにしたいという気持ち、甘ったるい悲しみに浸りたいという欲望のためではないか。彼が生きていたら、私は彼のことをなんの躊躇いも後ろめたさも感じることなく「友達」と呼べただろう。でも、そんなことは関係ないのだ。それだけの理由で、彼をただの「同級生」にしてしまいたくはない。

だから、どんなに恥ずかしい気持ちになっても、私は彼のことを「友達」と呼び続ける。

生きることが恥ずかしい。よろこぶことが恥ずかしい。おいしいと思うことが恥ずかしい。きっとひとりきりで生きることができれば、こんなふうに感じることもなかったのだろう。心のなかに誰もいなければ、誰のことも思わなければ、恥ずかしいと感じることはなかったはずだ。でも、そうであれば、誰かと一緒に生きていたいと思うこともなかったのだった。ならばこの恥ずかしさには、耐えなければならない。引き受けなければならないものなのだ。人と生きる誰もが、生きる恥ずかしさを引き受け、そして誰かに引き渡す。本当はこんなことを文章にして人に読ませるのも恥ずかしい。けれども同じくらい、誰かのところに届いてほしいとも思う。今日もご飯はおいしかった。明日は友達と、中華料理の食べ放題に行く。

✉ 仕事は一日二時間にしました

二〇一八年八月

こんにちは、調子はどうですか。八月になって、夏の盛りに鬼のようだった気温もちょっと落ち着いてきましたね。私も梅雨あたりから最悪だった調子を、少しずつ復旧させつつあります。

今年の夏はとにかく気温が不安定で、お盆を過ぎてもまだエアコンの適正値が掴めません。ずっと家にいる身としてはなかなかに由々しき事態です。いつも微妙に暑かったり寒かったり蒸していたり乾燥していたりで、「このままでは在宅の利点を活かすことなく夏が終わってしまう」と思いながら、リモコンのボタンを無駄にいじくり回すなどしています。

自分にとって快適・適切であるポイントを見定めること。それが今は難しい。梅雨以降、気分や体調が安定しなかったりで、仕事を思うように進められずにいます。集中して取り組みたい原稿があるのに、ちっとも文字数が増えない。すぐに気が散るし眠くなるし、パソコンに向かうのも億劫で、布団の中に逃げ込んでは鬱々とする日が続いていました。半日布団の中にいても頭の片隅ではずっと原稿のことを考えているし、遊んでいても「こんなことをしている場合ではない」という意識に苛まれる。結局、夜になってえいやとパソコンを開いても、ついネットを見てしまったりで集中力が続かず、ズルズルと向かい続けて気づけば六時間くらい経っている。外が明るい。まだ四百字しか書けていないのに……。

どうにもしんどく、同居人に助けを求めたところ、「仕事は一日二時間まで」というお達しを受けました。二時間って少なくない!? 会社員は九時五時で働いているのでは……? びびる私に、同居人は淡々と「あなたは会社員じゃないし、今も毎日二時間はできてないよね」と追及してきました。「それやったら確実に今よりできるってことでしょ。二時間集中してやって、それであとの時間は好きなことしとき」。

とりあえず、言われた通りにやってみることにしました。お達しが出たのが先月の終わり頃で、ここ二週間ほどは毎日二時間（二日くらい休みました）パソコンに向かっています。たしかに二時間だけと思えば取りかかるのにも抵抗が少ないし、集中力も保つ。昼間に一時間、夜に一時間でもいい。これが三時間だったらプレッシャーを感じて続かなかったでしょう。それに、うまく休めるようになったことで何かのゲージが貯まりやすくなったのか、筆が乗るタイムが前より頻繁にやってくるようになりました。人から「これでやりなよ」と背中を押してもらえたのも良かったのかもしれません。劇的に仕事の進みが速くなったわけではありませんが、気はだいぶ楽です。

たぶん今の私にとっての適正値は、この「一日二時間」なのだと思います。文字にするとやっぱり少ない、と感じるのですが、それは「みんなより少ない」であって「私にとって少ない」のではない。「みんな（主に日中会社で働いている人たち）が八時間働いているんだから、自分も同じ時間働かなきゃいけない」という思い込み、めちゃくちゃあります。みんなと同じように働けないから今の仕事を選んだはずだったのに、まだ「みんなと同じにしなきゃ」に縛られている。根が深いですね。そもそも「みんな＝明るい時間に会社で働いている人たち」という前提だってかなり偏ったものです。全然そんなことないのに。コンプレックスが強すぎるのもあんまり良くないな、と自分でも思います。

いや、一日二時間というのは同業の人たちと比べても少ないとは思うのですが、まあそれはそれだし、調子がいいときもあるし、そのうちもっと書けるようになるかもしれないし……。とりあえず、今はこれがベストなのだから仕方ない。私は基本的に三日坊主なので、二週間続いているというのはだいぶすごいのです。来月またお便りを書くときに、これが持続していたらいいなと思います。贅沢を言えば、エアコンの適正値も掴めていたら……（ちなみに、私には「まっとうな人間は冷房の温度を二十八度に設定しておくものである」という謎の思い込みもあります。もちろんそんなことはまったくないのですが、いつまでも適温にたどり着けないのもそのせいでしょう。示唆的ですね）。

まだまだ暑い日が続きそうですから、どうかできるだけ快適な温度で過ごして、熱中症には十分気をつけてくださいね。水分補給も忘れずに。それでは。

✉ 「元気に」よりも「うまく」暮らしたい

二〇一八年九月

こんにちは、九月に入ってぐっと涼しくなりましたね。羽織りものがないと外では肌寒く感じるようになってきました。私は夏の終わりに素敵なカーディガンを買ったので、よくそれを着て近所を散歩しています。約束ごとのない外出は気楽でいい。ここ一週間くらいはどうにも調子が悪く寝込み気味だったのですが、またぼちぼちお出かけを再開していくつもりです。

さて、もう空気が秋ですね。私は秋がだめです。あの冷たくて乾いた匂いを嗅ぐと、叫び声を上げて逃げ出したくなります。昔はあの匂いが嬉しかった。四季の中でも一番過ごしやすく、食べ物もおいしい、すばらしい季節。だけど今は、春が来た時点でもう「春だなぁ、きっとすぐに暑くなるんだろうなぁ、そうしたらあっという間に秋だなぁ、あーつらい」と憂鬱になるほど苦手です。

なぜかというと、病気の記憶が蘇るから。以前、少しだけ書きかけたことですが、大学二年の初秋、私は体と心のバランスを崩して、病院に通うようになりました。人の多いところに行くと息が苦しくなって、自分がどこかに行ってしまうような感覚に襲われる。思考が散り散りになり、ちょっとした手仕事につまずくことが増える。夜に眠れなくなり、巨大な感情に襲われてはおいおい泣く日が続く。そんなふうに気持ちが大きく波立つこともあれば、水の中に潜ったかのように色々なものを遠くに感じることもある。ひっきりなしに針が振れ、ニュートラルな自分というものがいなくなってしまう。電車が怖くて大学にも行けない。ご飯が食べられずお風呂にも入れない。一人暮らしの部屋は散らかりを通り越して荒廃している。何をするのにも不安感が呼び起こされ、ポストの中を見るのが怖く、メールも返せず、電話にも出られない。あらゆる生活の義務を取りこぼすようになり、お金がないわけでもないのに電気がしょっちゅう止まる。あの静かで冷たい、秋の部屋の空気。結局、冬が来る前に実家から迎えが来ました。

数ヶ月の療養を経て東京に戻っても、ごっそり減った体力と気力は元に戻らないまま。何をしても疲れるし、少し元気になったと思えばすぐに揺り戻しがくる。一年経ち、二年経ち、病院で薬をもらわなくなっても、「元通りの自分」にはなれませんでした。これまで苦痛なくできていたことが、ことごとく思うようにいかない。「調子が悪いのが普通」というのがしっくりきますが、これが病気なのか体質なのか性格なのかも、もはや曖昧です。五年経った今でも、体調と気分の波に翻弄される生活はあまり変わっていません。

夏が終わり、空気の匂いが冷たく冴えてくる。あの一番苦しかった時期に、体と心が引き戻されるような心地がします。息がうまく吸えなくなり、ぼんやりとした不安に動悸が激しくなる。最近はそこそこ調子よく過ごしているつもりだったのですが、やはり秋は強いです。

毎年この季節がやってくるのがつらい。まだあの頃から抜け出しきれていないことを思い知るから。

ですが、それだけではありません。少しずつ、にじるようにして遠ざかっていることもまた、この季節になると実感するのです。
たとえば、一ヶ月のうち寝込んでいる日数は毎年徐々に減っているし、外に出かけようと挑戦したときの成功率も上がっています。気分の上がり下がりも年々ゆるやかになっている。ものをよく食べるようになり、夜を穏やかに過ごせることだって増えた。そうしたささやかな変化は、日々の生活の中では気づけずにいたりするのですが、毎年やってくる「秋」という季節は、定点観測のようにその動きを自分に確認させてくれる機会でもあるのです。

少しずつだけど、やっていけるようになっている。そう思ったときに私の頭に浮かぶのは「元気になったなぁ」ではなく「技術がついたなぁ」です。ステータスアップではなく、スキルアップ。

自分の限界を把握すること。予定を詰めすぎず、他人の言葉には甘えること。できないことを「やります」と言わずに「ちょっと様子見で、できたらでいいですか」と聞いてみること。音や光や人混みなんかの刺激が強い場所はなるべく避けること。疲れたらためらわず横になり、天気の悪い日はもう諦めること。食事はプレッシャーを感じない方法で小まめに摂ること。なんだか具合がおかしいと思ったら、とりあえず温かいものや甘いものを口に入れてみること。気分が沈んだら散歩に出かけて、体が重いときは銭湯に行くこと。自分を責めず、無理なことは「ちょっと無理ですね〜」と言うこと。あるいは、「調子が良いな」と思う自分の「調子の良さ」を、あまり信用しすぎないこと。

これらはみんな生活を「うまく」やっていくための技術で、ここ数年はその技を身につけていくための期間だったなぁと感じます。元気はそれほど増えていません。きっとこの先も、すくすくと元気に暮らしていくのは難しいでしょう。だから、なるべくうまく暮らしたい。完璧にうまくやるのは難しいから、小手先の技術でいい、少しずつうまくなっていきたい。そう思いながら生活を続けています。

正直、これからどんどん秋が深まっていくのは恐ろしいです。しかも秋を過ぎれば寒くて暗い冬がやってくる。「絶望的！」と叫びたくなります。布団に泣きながら突っ伏して、長らく動けなくなることだってあるかもしれません。

なので今日のお便りは、来月、そして再来月、そのまた次の月、あるいは来年の自分に向けて書いているものでもあります。色々と難しいことはあるだろうけど、つらくてもしんどくても、少しずつ生活がうまくなっていることを忘れずにいてください。昔の私が楽しみで仕方なかった、秋のおいしいものたちのことも。

✉ 何にもできない、何でもできる

二〇一八年十月

こんにちは、朝晩冷えて空気が乾いてきましたね。日が短くなって、気分が暗くなってはいませんか？　私はちょっと、いやだいぶ秋にやられています。動悸と息切れに耳鳴りとめまい。夜眠れない日が続き、日中は太陽が傾いてくるまで起きられない。ご飯を食べられなくて元気が出ず、元気を出そうにも食べるのに必要な体力がない……という負のループに陥っています。秋がいよいよ本領を発揮してきたな、養命酒とか救心とか飲んだ方がいいのかな、と思っているところです。

もうどちらが先なのか分からないのですが、体が思うように動かないと、気持ちの方もどんどん落ち込みがちになっていきます。ちょっとしたことがうまくいかなくて、ちょっとしたことがものすごく胸に刺さる。こまごました日常のルーチンもこなせていないし、ぼんやりしているせいか、バイト先でもミスを連発しています。先週も万札のお釣りを盛大に間違えたうえに(幸いにも取り返しがつきました)他にも色々とやらかし、夜遅くに仕事を終えてから空が明るくなるまで「本当に私は何もできない、どうしてこんなにだめなのか」と半泣きで近所を徘徊していました。

「自分は何もできない」。これは自分の中にかなり深く根付いている意識です。朝起きられない。電車に乗れない。人混みに留まっていられない。方向の感覚がない。人の顔が覚えられない。相手の目を見続けられない。整理整頓ができない。家事に手を付けられない。郵便物を開けるのが怖い。書類仕事ができない。電話がかけられない。メールの返信が遅い。優先順位を付けるのが下手。気持ちの切り替えができない。体力がない。鈍臭いうえに注意力が欠けているし、何かあるとすぐにパニックを起こす。どうしてこれができないんだろう、と言いたくなるようなことばかりができない。

だから少し前、打ち合わせ先で編集さんから言われた「何でもできますね」という言葉には、とてもびっくりしました。その編集さんと顔を合わせるのは初めてで、私は名刺代わりに自分の作った同人誌を持っていっていました。文章を書いて、デジカメで撮った写真やパソコンで描いたイラストを付けて、版組みをしたもの。編集さんは丁寧な手つきでそれを受け取ってくれ、その場でぱらぱらとめくりました。「これ全部ご自分でやられたんですよね、何でもできるじゃないですか」。

もちろんどれもまだ未熟なものだし、編集さんの言葉だって、何の気なしに口にした社交辞令かもしれません。もしかしたら言ったことさえ忘れているかもしれない。だけど「何もできない」と半泣きになっているときに、記憶の引き出しから取り出して、気付け薬のように吸い込むほどには嬉しい言葉でした。

みんなと同じようにできない。そう思い知るたびに味わう無力感。居たたまれなさに喉がつっかえて、恥ずかしさに顔が熱くなる。足元から血がすうっと抜けていくような、あの心許なさ。その感覚はいつまで経ってもなくならないし、やらかしの記憶こそどんな思い出よりも鮮明だったりする。できないことはある日突然できるようになったりしない。

でも、そうだとしても、「できた」瞬間だって確かにあったのです。全然実用的ではないしやる義務もない、自分が好きでやっているだけのことだけど。私は私の望む形の文章を書くことができたし、それに似合った絵や写真を用意することができたし、それらをちょうどよく組み合わせて、一冊の本にすることさえできた。そして、それを誰かに見つけてもらうことができた。懐かしい匂いを嗅いだときみたいに、あの充足と、誇らしいような気持ちが、脳裏に蘇ってきました。

もちろん、それで「できない」自分が消えてなくなるわけではありません。ただ、「何もできない」自分と「何でもできる」自分は、同時にいてもいいんだ、と思えた。「人には得手不得手がある」というだけの、ものすごくありふれたことかもしれないけれど。耳に残る「何でもできるじゃないですか」の一声が、それに確かな感触を与えてくれました。

「私には何にもできない」と言ってしまいたくなることは、これからもたくさんあるでしょう。春までずっと、いや、もっと長い間そうかもしれません。でもそのときにはきっと「何でもできますね」という言葉も思い出して、大事にすることができる。そんなふうにして、この秋とはうまくやっていきたいです。

✉ 現実は自分ひとりの手に余る

二〇一八年十一月

こんにちは、もう秋も終わりかけですね。冬用のコートは出しましたか？ 暖房はつけていますか？ 空気も乾燥してきたので、そろそろ加湿器も欲しいところ。起き抜けに喉がちくちくすると、なんとなく一日の始まりが不穏な感じになりますよね。まずは熱めのお茶でも飲んで、体を温めてあげてください。

私はここ最近、ずっと昼夜が逆転した生活を送っています。明るい時間はぼうっとしているし、夜を迎えてお布団へ入っても、強張った体がなかなか「おやすみモード」に入ってくれない。顔まで毛布をかぶって目を瞑っていても、頭の中がいっぱいになって悶々としてしまう。どうして眠りにつく前の静かな時間というのは、こうも不安が膨らみやすいのでしょうか。仕事のこと、お金のこと、生活のこと、将来のこと。過去の失敗や後悔について。どれも考えたところで進展のないことばかりです。

自分はこのままで大丈夫なのか。この先どうやって暮らしていくべきなのか。何かやらなければいけないことがあるのではないか。自分はどこかで何かを間違えてきたのではないか。自分はどうしてこんな感じになっちゃったんだろう……。こういう「自分」についての悩みや不安って、全部自分の内側に答えが求められる気がしてしまいませんか？　一度考え始めるともう無限に内省をしてしまう。そしてドツボにはまり、眠れないまま朝を迎える……。あーっ、もう無理。この漠然とした不安を手放したい。

この間は耐えかねて、夜中の三時に無料の占いサイト巡りをしてしまいました。とくに占いに対して特別な信仰を持っているわけでもないのですが、数ヶ月に一度、発作のように頼りたくなる時期がやってくるのです。

布団に包まりながら、検索に引っかかったサイト（お店を持っていたりしてなるべく安全そうなところで）に黙々と生年月日を入力する。ネットの適当な占いなので、光の速さで結果が出ます。

「社会的な行動力は減退、精神的活動は旺盛となりますがそのぶん疲労が溜まりやすく、健康面もあまり良いとは言えない。ノイローゼになることがある。金運も良くなく、実りがなかったり何かと余計なお金が流れたりする」。

……「ノイローゼになる」って何？　占いサイトで使っていい語彙なの？　色々と気になるところはありましたが、全体的に良いことが書いていない。しかし現状とはかなり一致しています。

悔しくなって、じゃあ来年はどうか、再来年は……と鑑定を繰り返したのですが、結局二〇二〇年あたりまで私の運勢はだめな感じでした。向こう三年くらいはノイローゼになる可能性があるそうです。でも二〇二三年に入るとやっと調子が良くなるようで、「思わぬ接待にあずかり、おいしいものが食べられるかもしれません」と書いてあるのを見て、ちょっと安心しました。

だけどしばらくはつらい時期が続きそうだ。みんなこんな感じなのだろうかと思い、今度は同居人の運勢を勝手に占ってみることにしました。他人の運勢も光の速度で見せてくれるので、ネットの占いは便利です。すると今年も来年も、そのまた来年もおおむね順調、とのこと。私とはずいぶん結果が違うようです。日頃の行いが良いからでしょうか。

ですがそんな同居人の運勢も二〇二〇年頃から陰りを見せ始め、二〇二一年、続く二〇二二年も右肩下がり、とうとう二〇二三年に、現在の私に匹敵する運の悪さになってきました。というか、二〇一八年の私の結果と文面がほぼ一緒です。「ノイローゼになる」というワードもしっかり出てきました。

なんだ、持ち回り制だったのか。占いシステムの雑さは置いておいて、私はこの結果を見て若干ほっとしました。日頃の行いの良し悪しではなく、ただ数年おきに運勢が上を向いたり下を向いたりするだけ。最初からルールとして決まっているお掃除当番みたいなもの。だったらまあ、しょうがないですよね。システムの雑さはひとまず……置いておいて……。

なんで。どうして。どうしよう。自分自身にまつわる不安というのは、けっこう中毒性があるものだと思います。考えたってどうしようもないのに、考えるのがやめられない。何か悪いことが起こったり、その気配を感じたりしたときに、延々と自分の内側に原因を求めてしまう。

そういうとき、占いを見るとちょっと気持ちが落ち着くのは、かたく握りしめた自分の物差しを、ひととき手放すことができるからだと思います。だってそういう星まわりだから、とかなんとかの巨大すぎる尺度を持ち込んで、「自分がこうであること」の責任を、少しだけ肩代わりしてくれる。

もちろん自分の意志や行動で左右されることはたくさんあるけど、全部を全部自分のせいにしていたら、とてもじゃないけど身がもたない。この現実は自分ひとりの手に余るのです。二〇二二年までの運勢を見ると若干暗い気持ちになるけれど（だって長くないですか?）、それもそういう時期なので仕方がない。しばらくの間は、運勢の良い人に頼って暮らすことにします。

しかし二〇二三年の私、「おいしいものが食べられる」って、なんなんでしょうね。思わぬ接待、いつでもあずかりたい。ちなみに、暴飲暴食は病気の元なので禁物だそうです。

きつい現実、つらい感情、しんどいSNSに倒れないために

二〇一八年十一月

丸いホームボタンを押すと、暗い部屋の中で手のひらサイズの長方形がポッと光る。一瞬、白い輝きが目に刺さって、でもすぐに慣れた。画面に表示された青い鳥のアイコンをたたくと、水のように流れてくる文字、文字、文字。どれも強い感情を帯びている。何かに傷つけられて悲しむ人たち。何かに強く憤っている人たち。何かを攻撃して自分の身を守ろうとする人たち。何かに絶望して力をなくしてしまう人たち。ここ数ヶ月はずっとこうだ。目を疑いたくなるようなニュースの数々と、それに伴う炎上。観測しているだけでものすごく疲れてしまう。にもかかわらず、私はその嵐から目が離せないのだった。

気候がめちゃくちゃ、あちこちで大きな災害が起こっているし。痛ましい事故や事件だって山ほど報道されている。早稲田大学のハラスメント問題に、『新潮45』のヘイト記事。「復興五輪」のおかしさ。大坂なおみ選手のメディアでの取り上げられ方。質疑中にのど飴を舐めていたというだけの理由で吊るし上げにあった女性議員もいる。女性の立場はいつまで経っても弱い。

何かが激しく燃えているとき、ネット上には未加工の強い感情があふれがちになる。思ったことを秒速で、それも現実の自分からは切り離した形で発信してしまえるツールだから仕方がないのかもしれない。叫ぶように、怒鳴るように、吐き捨てるようにして投稿される文字列。感情を直に浴びてしまっているようで、体も心も消耗しきってしまう。

「そんなにしんどそうなのに、なんでツイッター見ちゃうの?」と聞かれることがある。どうしてだろう。たぶん「知らないでいること」が怖いのだ。あるいは「知らずに済んでいること」が。

当たり前だけど、世の中には色々な人がいる。何を嬉しいと感じて何を嫌だと感じるかも人それぞれだし、住んでいる場所も、育った環境も、生まれ持った性質も違う。みんながみんな同じように生きているわけではないし、一生自分とは重なることがないかもしれない他人だっている。ネット上を徘徊していると、そうした「重なることがないかもしれない」人たちの声が流れてくることがある。「私たちは今こういう状況です」「このことについて理解してほしい」「こういうことについてはこのように感じています」。知らなかった事柄を発見するたびに、胸がひやっとする。

たとえば差別や暴力を目にしたとき、その理不尽さに感情が揺さぶられるけれど、同時にもうひとつ手を伸ばしてくるものがある。「もしかしたら、自分もこうなのではないか」という恐怖だ。自分の外側にある何かを知らずにいるせいで、無自覚に誰かを踏みつけているのではないか。あるいは知らずにいるせいで、そばで踏みつけにされる誰かを見逃し続けているのではないか。

私には十分な想像力がない。正確に言えば、想像の及ぶ範囲がだいぶ狭い。同情を感じる相手にはとことん同情的になるくせに、外側にいる人たちに対してはとても鈍感なのだ。そしてその「外」は海のように広い。

私は今ライターとして、何かしらの苦しさを抱えている人たちに向けて文章を書いている。みんなと同じようにできない。思うように生きられない。そうありたい自分でいられない。しかしそうした苦しさも、自分自身がぽっきり折れる経験をするまでは、ほとんど想像したことがないものだった。

大学に入り、社会に出ることを考える少し前に、私は心と体を折ってしまった。それ以前の自分は多少頑丈ではあったし、決定的な場面で挫折を経験したこともなかった。恵まれていた、あるいは運が良かったのだ。だけどそのぶん無知で傲慢だった。高校の友達には一度「みんながみんな、あなたみたいに生きられるわけじゃないんだよ」と怒られたことがある。今思い出すと、そう言われる人間であることが、どれほど恥ずかしいことかよく分かる。


だから私は、自分の外側にいる人たちのことをもっと知らないといけない。彼らはどういう状況に置かれているのか。何が彼らを傷つけるのか。どういうところで彼らは怒っているのか。問題になっているのは何で、私たちはどうするべきなのか。自分で実感を得なければ、知ろうと努力しなければ、絶対に渡ることのできない海だ。そういう意識があるから、半ば強迫観念じみた感じで「知らずにいた」人たちの声を収集しようとしてしまう。何かしなければ。現状と向き合って戦わなければ。「知らずにいられた」ことへの罪悪感みたいなものもあるのかもしれない。

しかしそうやって人の言葉に目を凝らしていると、自分の感情もどんどん引きずられていく。自分の「外」にある事柄に関してはとても鈍感なのに、一度内側に引き寄せてしまったものに対してはものすごく共感と想像をしてしまうのだ。強力な磁石を近づけたように振り回されてしまうから、普段の生活の中でも、人と会って話をするのはかなり疲れる。とりわけ怒りや悲しみといったマイナスの感情は引力が強いし、逆に元気すぎる人にも当てられたようになってしまう。

加えて人の多いところも苦手なので、外に出かけて誰かと会話する機会はあまり多くない。飲み会みたいな集まりにもなかなか顔を出せない。そういうときでもネットがあれば不特定多数の意見を目にすることができるので、便利だなぁと思う。

「じゃあネットがなかったらどうするの？」

そう聞かれたとき、私は悩んでしまった。反射的に答えた「たぶん、直接会って話を聞くと思います」という言葉も嘘ではない。意志を持って体を動かせば、今いる場所では重なることがない人たちともすれ違うことはできるはずだ。だけど自分にはその余裕がない、とも思う。でも、だからこそそのネットでもある。そこまで考えて、長らくこごっていた糸がほつれるような感じがした。


会いに行けない人たちの声を聞くことができる。普段は押し殺している声を他人に届けることができる。生身の肉体や、現実の社会が持つ「限界」を、ネットは超えさせてくれる。私はこれを利点だと思っていたけれど、それは同時に「超えてしまえる」ということでもある。本当はあるはずの限界を無視できてしまう。徹夜明けのナチュラルハイみたいに。それはちょっと怖いことだ、と今さら思った。

この間も友達の誘いを断った。「最近少し疲れてるんだ」と言って、その日は休んだ。きっと出かけていたら今頃また寝込んでいただろう。気持ちだけでは体を動かすことができない。歯がゆいけれど、肉体というストッパーがあることが、かえって助けになっているのかもしれなかった。どうしてこれが分からなかったんだろう。

なので最近はツイッターを開く頻度を下げて、タイムラインもやや薄目で見ている。怒りや悲しみは無視できない。無視できないけれど、すべてを水のように飲み干すだけの器も、それらを適切に受け流すだけの技術も、今の自分にはない。オートで他人の感情を浴び続けていたら、いつか糸が切れてしまう。知ろうとすることも、怒りや悲しみを共有しようとすることも、何もかもできなくなる。

そう思ったら、ツイッターのフォローを外したり、ミュートボタンを押すことにもあまり罪悪感を感じなくなった。仲の良い友達でも、投稿を見ていない人が何人かいる。でもそれでいい。会って話が聴ける程度の余裕ができたら、自分の判断で見に行けばいい。電話だってできる。頭の中で文字が騒いでどうしようもないときは、インスタグラムでかわいい動物や、化粧の仕方を見せてくれる人の動画を眺める。言葉や感情を憎んでいるのではない。ただ、文字のない世界はこれほどまでに心を放っておいてくれるものなのだとびっくりするし、少なからず癒されもする。

しかしつらい情報、つらい感情から完全に逃れるのも至難の技だ。なぜなら現実がやばすぎるから。膿を出し切るつもりかと言いたくなるくらい、この平成の終わりはしんどい出来事で満ちている。

だけど、そのつらさ・しんどさとの付き合い方を選ぶことはできる。まっすぐにぶつかって意を唱えるのも一つのやり方だし、間合いを取りながら細々と「そうじゃないんだよ」と訴えていくのもまた一つのやり方だ。目や耳を塞いで自分の身を守ることだって時には大切だし、その方法を選ぶこと、選ばざるを得ないことを恥じる必要はない。そう自分に言い聞かせるようにして、近頃は暮らしている。溺れずに泳いでいくために。いずれどこかに辿り着けるなんて、そんな保証はないけれども。

✉ この夜をどうにかやり過ごすだけの「大丈夫」を

二〇一八年十二月

こんにちは、毎日寒さが応えますね。お部屋は暖かいですか？　居心地よく過ごせていますか？　私は冬にやられていますが、どうにか持ちこたえています。日に何度も不安になるし、夕方にテレビでやっている「かいけつゾロリ」や「おじゃる丸」を見てさめざめ泣いたりしてはいるものの、部屋は暖かくして電気もつけているし、ご飯もそこそこ食べられています。クリスマスにはケーキも食べてお出かけもしました。色々と手を尽くしつつ、どん底に落ちないくらいの低空飛行をキープしています。

早いもので、今年ももう終わりですね。この間実家に電話をしたら、母親から「餅井の今年の漢字はなんだ」という質問をされました。いつも年の瀬に発表されるあれです。

「たぶん、忍耐の〝耐〟じゃないですかね」。今年はとにかく「どうにかやっていく」ということに力を注いだ年だった、と自分では思います。色々な出来事に感情を揺さぶられたり、体の調子に振り回されたり、もう自分なんかだめだ、と落ち込んだり。次から次へと大きな波が押し寄せてくるような日々で、それに飲み込まれないよう、足を踏ん張ったり、うずくまって身を守ったり、支えになってくれるものを探したりしながら、どうにかやり過ごしてきたつもりです。

毎月書いているこのお手紙も、私にとってはとても大きな支えでした。普段から私はあまり元気ではないし、手紙を書き始めるときにはだいぶ後ろ向きな気持ちであることも多いのですが、「大丈夫」と自分に言い聞かせつつ文章にしていくうちに、ちょっとずつ軌道がそれていくというか、書き終える頃にはだいぶ前向きな気持ちになっていることがほとんどなのです。それはもしかしたら、いびつでざらついた現実を都合よく、小ぎれいにまとめちゃってる、ということなのかもしれません。でも、自分の書いた文章が現実の自分を良い方向に引っ張っていってくれる。そのことに私はかなり助けられています。

本当のことを話すと、心からは「大丈夫」と言えないときもありました。暗い部屋の中で、まだちょっとだめかも、と思いながら、絞り出すような「大丈夫」で筆を置いたことが。それは事実ではなかったかもしれません。だけど、まったくの嘘でもないのです。この一晩をやり過ごせるだけの「大丈夫」でいい。立ち塞がるものすべてに打ち勝たなくていい。なだめたりすかしたり、ちょっとだけごまかしたりしながら、明日の自分に生活をパスする。その繰り返しを生活と呼んだっていいのだと、私は思っています。これは本当です。

自分がずっと抱えている悩みや不安は、たぶん本当の意味で解決したり、すぐに整理がついたりするものではないのだと思います。千字や二千字の文章できれいにまとめられることでも、きっとないでしょう。でも今月も、そして来月もどうにか生活を続けていきたいから、さしあたっての「大丈夫」を自分に、あるいはこれを読んでいるあなたに言い聞かせ続けます。

たとえば今横たわっているところが暗い場所で、すぐには体を起こすことができなくても、顔を上げて、少しだけ明るいところに目を向けてみることはできる、かもしれない。私がいつもこのお手紙を書くときに思っていることです。あまり眩しいものを見ようとすると疲れてしまうから、ぼやっと光る程度のものがいい。光量は少なめで、輪郭もおぼろげ。それでも、目を向けたそこに何かがあるのだと信じることはできる。気のせいかもしれないけれど、今はそれで十分。そう思っていたいのです。

来年もたくさんお手紙書きますね。またどうぞ、よろしくお願いします。良い一年が迎えられますように。

✉ ゲームの下手さは人生の下手さ

二〇一九年一月

こんにちは、あけましておめでとうございます。お正月ムードもすっかり消え去って、またおつとめの日々が始まりましたね。新しい年はどうですか？　気分がちょっと変わったりしましたか？　それとも、とくに変わりはないでしょうか。

こちらは相変わらず、家でじっとりと暗くしています……と思いきや、新年の餅井は珍しくやる気を出しています。新しい仕事の準備が進んでいることもあり、お正月はひたすら原稿に集中を注いでいました。いや、ひたすらと言っても一日三時間とか四時間なんですけど……。

もちろん、頑張りながら適度に休んだり遊んだりもしていました。クリスマス前に同居人がニンテンドースイッチを買ってくれたので、『スプラトゥーン2』をよく一緒にやっています。念のために説明しておくと、『スプラトゥーン』はカラフルなイカちゃんを操作するシューティングゲームで、インターネットに繋いで四人ずつのチームで対戦をするのが主な遊び方です。イカちゃんは愛らしく、墨の代わりにきれいな色のインクを出すのも素敵だし、その時々で知らない人と協力をするのも楽しい。餅井は幼少期から一人で黙々と遊ぶタイプのプレステ派（一番好きなゲームは『チョコボの不思議なダンジョン2』です）だったので、任天堂の「みんなで遊ぶ」タイプのゲームはけっこう新鮮です。

これは人とやってみるまで知らなかったことなのですが、私はかなりゲームが下手らしいです。一人のときにも「なんかすぐ死ぬな」と感じてはいたものの、「でもゲームってそういうものなんだろうな」と心の整理をつけていました。しかし、同居人を見ていると全然そんなことはないのです。私のイカちゃんが三回画面から追放される間にも、同居人のイカちゃんは元気に生存し、画面の中をインクまみれにしながら敵をやっつけている。い、一体なぜ。

理由はすぐに分かりました。餅井のイカちゃんは、とにかく突っ込んでいきすぎなのです。勢いに任せて、周囲に気を配らなすぎ。ガードや回避、一時撤退という選択があることを忘れすぎ。ドーンと突っ込んでいってドーンと死ぬ。これではまるで鉄砲玉です。

一方、同居人が動かすイカちゃんは冷静です。あたりをうかがいながら慎重に場所取りをし、潜伏したり距離を取ったりしつつ、隙を見つけてはバッと飛びかかる。しかし深追いはせずに、形勢が不利になればすぐに引っ込む、という流れを巧みに繰り返していました。うまくやる方法だってあるはずなのに、私はどうして場当たり的な行動しかできないんだろう。画面の中のイカちゃんも泣いています。実生活ではこんなに行きつ戻りつしてばかりいるのに……。

ゲームの遊び方には性格が出る。よく言われることですよね。私もそう思います。近頃の餅井はだいぶ抑えめに暮らしているけれど、こういう鉄砲玉のごとき気質もたしかに持っている。むしろその勢いが自分のキャパシティを上回ってしまうという自覚があるからこそ、つとめて慎重でいようとしている気がします。思い返せば、大学生や高校生の頃の自分は、もっと活動的というか血気盛んというか、後先を考えずに色々なことに手を出していました。自分がやりたいことはもちろん、人からの頼まれごと、いや、頼まれていないことまでたくさん。そして、あれもこれもと突き進んだ結果、必ず陥ってしまうエネルギー切れ……。それは唐突な飽きだったり、体力の枯渇による燃え尽きだったりと色々ですが、だいたいの事柄がまともに完結をしなかった記憶があります。突っ込んでいった結果ピシャッとやられてしまうイカちゃんと同じですね。ゲームの下手さは人生の下手さ。鉄砲玉だった自分のことを、この年末、久しぶりに思い出しました。

私にとって去年一年は、足場を崩さないようにどうにかこうにか耐える期間でした。自分の足元の様子をうかがいつつ、やってみたい、でもこれはキャパオーバーかも、と見送ったり断ったりした機会もたくさんあります。それはそれで「今はちょっと無理です」と人に伝える訓練になったし、引き際もそこそこ心得ることができたので、様子見に徹する時期も絶対に必要だったとは思っています。だけど今年は去年より、もう少しだけ足を踏み出してみたい。失敗するかもしれないけれど、その都度立て直す技術は身につきつつあると思うから。

……と思って頑張って原稿を書いていたら、案の定オーバーヒートしてしまい、ここ三日ほどは完全に寝込んでいました。やっぱりエネルギー出力の適正値が分かっていないようです。ですが、できれば今年こそはちょうどいい値を掴みにいけたらいいなと思います。飛ばしすぎず、怖がりすぎず、ほどほどに、でもちょっとだけ勢いをつけて頑張りたい。スプラトゥーンで遊ぶのも、もう少しうまくなりたいところです。

✉ 何度でも仕切り直せばいい

二〇一九年二月

こんにちは、調子はどうですか？　冬の寒さがここ数日でだいぶ緩まりましたね。もう少しで二月も終わり。やっと三月、やっと春です。寒い時期の憂鬱な気持ちから逃れられる季節が、私はとても待ち遠しい。天気のいい日に外へ出かけて、日差しを浴びながら春の匂いをいっぱい吸い込みたい……。と思っているところですが、そんな自分は今まさに昼夜逆転生活の最中にいます。このお便りも、窓の外が青白くなってきた午前五時半に書いています。部屋が寒くて暗い。どうにかして生活リズムを元に戻したいものです。

悲しいことに、年始に放出していたはずの「頑張るぞ」ブーストは、案の定長続きしませんでした。一月の終わりにはもうすでにガス欠というか虚脱状態というか、とにかくだめな感じになっており、「何もできていないのに、もう一年の十二分の一が終わってしまう」と毎夜枕を濡らすような有様。それは月をまたいでも変わらず、二月に入ったあたりの私は、ものすごく焦っていました。文章はうまく書けないし、本を読む気力も湧かない。ご飯もあまり食べられなくてお菓子ばかり食べているし、夜は眠れないし、頭がボーッとして考え事もできないし、それなのに目はぎらぎら、胸もばくばくで、どうしようもない心配事ばかりが心に浮かんでくる。去年から返しそびれているメールが何通もある。原稿は進まない。ついでに年賀状もまだ書き終わっていない……。もう二月なのに……。

焦りを自分の胸に留めておくこともできず、ついツイッターに「これこれこういう状況で、情けなさがすごい」と投稿をしてしまいました。あまり整理されていないつらみをSNSに放流しない方がよい、とさらに落ち込んだりもしたのですが、少しして、ある人から一通のリプライが届きました。

「餅井さんは旧正月でやりましょう。今日から一年始まるから大丈夫ですよ」。

ちょうどその日は、二月の五日でした。旧正月か、私の一年は今日からなのか。布団に突っ伏して、そのフレーズをひとしきり噛みしめる。ゆっくり息を吐くと、顔を押し付けた布地の上に、湿った熱気がじんわりと広がりました。リプライをくれたのは先輩のライターさんです。これまで目立った交流があったわけではなかったものの、見かねて声をかけてくれたのでしょう。そのことがまたありがたく、心が落ち着いた頃合いにお礼のリプライを返しました。

その日はちょっと明るい気持ちで夜ご飯を食べ、お腹が満たされた実感に包まれながら、まずは仕事のメールを一通返信しました。次の日は二通。原稿もほんの少しですが進めることができました。よそよそしかったマックブックの銀色が、少しだけ親しげに見える。よかった、また私の一年が始まってきたみたいだ。

一日は二十四時間。一週間は七日あって、それを四つほど集めると一ヶ月になる。それを十二個積み重ねたところで、その年が終わる。一年という単位は過ぎてしまえばあっという間ですが、気をしっかり保ってやっていくにはちょっと長い。周りとはペースが合わないことだってあるし、自分のペースだってそう上手に守れるものではありません。

だからいつでも好きなときに、何回でも仕切り直せばいい。「旧正月だから」と教えてくれたあの人も、そうやって一年を細切れにして、その都度その都度自分を励ましながらやってきたのでしょうか。そして、このタイミングで私に教えてくれた。その道筋を想像すると、嬉しいような切ないような不思議な気持ちになります。私もいつか、誰かにあんな言葉をかけられるでしょうか。ああっ。これから毎年、旧正月を迎えるたびに、気の利いた受け売りを飛ばす機をうかがってしまいそう。やや心配です。

しかし、二月も終わりに差し掛かった今、悲しいことに旧正月ブーストはすでに切れかかっています。けれども、あと数日もすれば三月がやってくる。春になったぞ、と気持ちを切り替えることはできそうだし、うまくいかなくても次は四月、新年度です。それがだめなら五月の連休。今年はとても長くなりそうですが、それを機に持ち直しを図ってもよいのではないでしょうか。もう今年はじゃんじゃん仕切り直していこう。口実なんて、探せばいくらでもあるんだから。

ちなみに、二〇一九年の年賀状はいまだに書き終わっていません。ですが出したい気持ちはまだ持ち続けているので、餅井に年賀状を送ってくれた方たち、春になって謎の挨拶のはがきなどが届いたら、そういうことなんだなと思ってください。

vol. 10

タバブックスの本

新刊

2020年秋

エッセイ

へんしん不要

電子書籍

餅井アンナ

防御力低め、体が弱くて落ち込みがち。ふさぎ込んだり、欲が出たり、負のスパイラルに落ちていったりの日々に宛先のない手紙を書き続けた2年間。書くことで手に入れた、あたらしい視線と生きる自信。注目のライター餅井アンナ、初の単著。

1400円＋税／B6判変型・並製・152ページ
ISBN978-4-907053-43-7
2020年10月

文芸／エッセイ

コロナ禍日記

電子書籍

植本一子　円城塔　王谷晶　大和田俊之　香山哲　木下美絵　楠本まき　栗原裕一郎　田中誠一　谷崎由依　辻本力　中岡祐介　ニコ・ニコルソン　西村彩　速水健朗　福永信　マヒトゥ・ザ・ピーポー

2020年春、新型コロナウイルスの流行により激変した日常。日本および世界各地で暮らす17人が、コロナ禍数ヶ月の日々を記録した日記アンソロジー。

2000円＋税／四六判・並製・448ページ
ISBN978-4-907053-45-1
2020年8月

社会／エッセイ

くそつまらない未来を変えられるかもしれない投資の話

3刷　電子書籍

ヤマザキOKコンピュータ

ほしい未来を手に入れるために、お金の行き先に自分の意思をのせる。経済、社会、お金を投資家でありパンクスでもある筆者の視点で見るまったく新しい投資の本。発売即重版、大好評！

1400円＋税／B6判変型・並製・148ページ
ISBN978-4-907053-40-6／2020年6月

シリーズ 3/4

3/4くらいの文量、サイズ、重さの本。3/4くらいの身軽さ、ゆとりのある生き方をしたい人におくる好評シリーズ
B6判変型・並製／1400円＋税

田舎の未来

電子書籍

手探りの7年間とその先について

さのかずや

ISBN978-4-907053-32-1／2019年4月

田舎の未来を考え、実践し、試行錯誤し続けている若者の記録。「仕事文脈」創刊時からの長期連載まとめ。

女と仕事

電子書籍

「仕事文脈」セレクション

仕事文脈編集部

ISBN978-4-907053-23-9／2018年2月

『仕事文脈』「女と仕事」特集号を中心に、女性の書き手の文章を再編集。仕事の奥にある、彼女たちの視線の記録。

あたらしい無職

2刷　電子書籍

丹野未雪

ISBN978-4-907053-21-5／2017年7月

非正規雇用、正社員、アルバイト、フリーランス。東京で無職でひとり生きる39歳から41歳の日々の記録。

バイトやめる学校

3刷　電子書籍

山下陽光

ISBN978-4-907053-20-8／2017年7月

人気リメイクブランド「途中でやめる」の山下陽光による好きなことをして暮らしていくための理論と実践。

音楽

山中カメラ現代音頭集

Shall we BON-DANCE?

山中カメラ

ご当地アートフェスの人気者、テクノから実験音楽までプロミュージシャンも大注目の《現代音頭作曲家》山中カメラ待望の1st作品集。豪華付録付CDブック仕様で10年間の作曲活動のすべてを網羅。

3500円＋税／菊判変型（220×140×厚26mm）、プラスチック函入
ISBN978-4-907053-35-2／2020年2月

コミック／文芸

ランバーロール 03

オカヤイヅミ　滝口悠生　ひうち棚　おくやまゆか　水原涼　森泉岳土　鈴木翁二　古山フウ　町屋良平　安永知澄

2016年創刊の漫画と文学のリトルプレス、第3号。

1500円＋税／A5判・並製・182ページ／978-4-907053-44-4／2020年7月

人文／アート

夢を描く女性たち イラスト偉人伝

著：ボムアラム　訳：尹怡景

教科書に出てくる偉人はなぜ男性だけ？ なのでつくった女性偉人伝！
世界各地で活躍した女性たちを現代の女性作家のイラストとともに描く、韓国のフェミニズム出版社による歴史上の女性の新たな検証。

1700円＋税／B5判変型・並製・オールカラー・64ページ／978-4-907053-41-3／2020年5月

人文／社会

韓国フェミニズムと私たち

若い女性たちがフェミニズムに覚醒し、声を上げ、社会に変化をもたらしている韓国。現地で起きている現象とその背景を取材、女性作家やアクティビストの声を伝え、韓日女性の連帯をすすめる1冊。

1300円＋税／A5判・並製・152ページ／978-4-907053-37-6／2019年11月

人文／エッセイ

私たちにはことばが必要だ　5刷　電子書籍

フェミニストは黙らない

著：イ・ミンギョン　訳：すんみ／小山内園子

ソウル・江南駅女性刺殺事件をきっかけに、女性たちが立ち上がった。
今盛り上がる韓国フェミニズムムーブメントのきっかけとなった話題の本。
日本でも賛同の声が広まり、フェミニズム入門書としても定着。

1700円＋税／四六判変型・並製・228ページ／978-4-907053-27-7／2018年12月

文芸／エッセイ

「ほとんどない」ことにされている側から見た社会の話を。 小川たまか　5刷　電子書籍

性暴力被害、痴漢犯罪、年齢差別、ジェンダー格差、女性蔑視CM、#metoo … 多くの人がフタをする問題を取材し、発信し、声をあげ続けるライター・小川たまか初の著書。

1600円＋税／四六判・並製・256ページ／978-4-907053-26-0／2018年7月

仕事文脈

すべてのゆかいな仕事人に捧ぐリトルマガジン

A5判・並製・96ページ／700円＋税

最新号

vol.16 東京モヤモヤ 2020

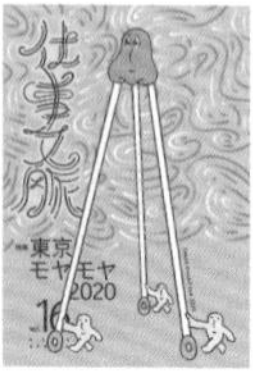

2020とセットになって
特別なものにされていた東京
ところがだれも予期しなかった
事態によって、一変した
東京はなんでもそろっていた、
食べていけるのはここだけだった、
ここはこの国の中心だった、本当に？
危機に陥ったなかであらためて考える、
東京と仕事とくらしのいろいろ

ISBN978-4-907053-42-0／2020年5月

vol.15 **時間問題**
2019年11月

vol.14 **IT、AI、IoT、えっ？**
2019年5月

vol.13 **悩み、うざい**
2018年11月

vol.12 **お金文脈**
2018年5月

vol.11 **もしもし、体**
2017年11月

vol.10 **Don't work too hard**
2017年5月

束通信 その10

こんにちは。大変な2020年となりました。タバブックスでもこの事態を受けた企画を発信しました／『仕事文脈 vol.16』はオリンピックを意識した特集を進めていたところ、延期、感染症拡大と状況が刻々変わり、あらためて一極集中のモヤモヤを考える特集、「東京モヤモヤ 2020」とになりました／『コロナ禍日記』は、コロナの日々のことを書いている人をみて、日記を集めた本を急きょ企画したものです。日本、そして世界各地での数ヶ月間の日常、そして感情の記述から目が離せない、貴重な記録になりました／今年はほかに音楽、歴史、投資、コミック・文芸、エッセイ……さまざまなジャンルの本を刊行しました。この時代にあっても読みたくなる本を今後もお届けしたいと思います。どうぞよろしくお願いいたします。

◎読者のみなさまへ
タバブックスの本は、全国の書店、ネット書店でお買い求めできます。店頭にない場合はお取り寄せできます。電子書籍のマークがある本は電子書籍版があります。各電子書籍ストアでお求めになれます。

◎書店・販売店のみなさまへ
書籍扱いでお取引可能です。取次＝JRCを経由してすべての取次へ出荷いたします（株式会社JRC TEL：03-5283-2230　FAX：03-3294-2177）。
直接のお取引も承りますのでお気軽に下記までお問合せください。

合同会社タバブックス
代表：宮川真紀
〒155-0033 東京都世田谷区代田6-6-15-204 tel: 03-6796-2796 fax: 03-6736-0689
mail: info@tababooks.com　URL: http://tababooks.com/　出版者コード：907053

✉ ちょっとだけ欲が出てきた

二〇一九年三月

こんにちは、ようやく三月になって、めっきり春めいてきましたね。桜も花をつけ始めて、きっとここから満開まではあっという間でしょう。外に出るのが嬉しい季節です。

だからでしょうか、冬の終わりまで焦りに焦っていた気持ちが、今はそこそこ落ち着いています。これは仕切り直しに成功したのでは……？　相変わらず生活のリズムが不規則だったりはしますが、なんとなく粛々とやれている気がする。外に出て打ち合わせをしたり、勉強のために本を読んだり、自分の書いたものを読み返したり、じっと原稿に向かったり。気晴らしに散歩に出たり、スプラトゥーンで遊んだりもしています。毎日何かしら手を動かす仕事が発生していて、そういうものたちを一つ一つ消化するうちに一週間が終わっていく。忙しいといえば忙しいのですが、まだ状況が混沌としていないおかげで、ほどほどの集中を続けられているのだと思います。ひとりで思考の底なし沼にはまっていく時間がない、というのもあるかもしれません。

やることがたくさんあるのは、去年頃からぼんやりと気配を漂わせていた仕事のうち、いくつかが輪郭をはっきりさせてきたためです。滞りなく進む確証はないにしても、今年はちょっと忙しくなりそうです（と言ってならなかったら笑ってください）。はたして餅井の少ない体力や気力はついてきてくれるものか。また途中で息切れして転ぶんじゃないか。不安だけど、どうにか乗りこなしていくしかない。だから最近は自転車に乗ったりスクワットをしたりして、地道な体力作りに勤しんでいます。ノルマを設けると続かないのが目に見えているので、適当に、余裕があるときだけ……。

自分でも意外なのですが、最近の私はけっこう向上心があるというか、欲を出しているなという気がします。去年くらいまでは「体力や気力が少ないなりにどうやっていくか」ということをよく考えていました。足りない力でどうやりくりをするか。それが今では「もうちょっとだけ力をつけたいかも」という気持ちになっている。手足を伸ばせる範囲を、もう少しだけ広げてみたい。現状にすごく不満があるわけでもないし、力のない自分のことを責める気持ちも、以前よりはだいぶ薄くなっている（たまに発作のようにワーッときたりしますが）。今の自分でも、きっと十分に、いや、まあまあ、そこそこ……くらいには、いい！　はず！　その上で「もうちょっとできたら素敵だな」と思っているのです。

なので、今月の餅井は比較的いい感じに過ごしていました。もちろん大変なこともあるし、腹が立ったり悲しかったり不安だったりすることもあるけれど、ほどほどにやる気を出し、そこそこ粛々と日々を送れている。なんというか、明るい低空飛行という感じです。

できれば来月も再来月もこうであったら嬉しい。……こう書くと、なんとなくうまくいかなそうな予感がしますね。でもまあ、調子に波があるのはいつものこと。とりあえず八割くらいの出力で、しばらくはやっていこうと思います。なるべく良い春になりますように。

✉ 春とは周回遅れくらいの距離感でいたい

二〇一九年四月

こんにちは、もうすっかり春ですね。調子はどうですか？

風はまだちょっと冷たい日があるけれど、桜の時季も終わり、春用のコートももうそろそろいらなくなりそうです。この前パルコに服を見に行ったら、店頭に置かれている服の大半が夏物になっていて、やや焦りを感じてしまいました。まだ春、まだ春、と自分に言い聞かせつつも「ああ、もうすぐに夏になって、夏になったと思ったら秋物の服が店頭に並び始めて、私がそれに追いつく頃には季節はもう冬で、あっという間に一年が終わって……」などという不吉な想像が止まらなくなってしまい、数日経った今でも若干それを引きずっています。

冬の間に固まったり滞ったりしていたもろもろが、春になった途端一斉に動き出す。私はその空気を好ましく思う反面、ちょっと恐ろしくも感じています。生命力が強すぎるというか代謝が良すぎるというか、とにかく命の消費速度が秋や冬の五倍くらいある気がするのです。何かを始めるのにはよい季節だけれども、否応なく何かが始まってしまう季節でもある。それに乗り切れなかったときの「置いていかれた」感たるや、なかなかずっしりきませんか？

今年こそは春を味方につけたい。冬の終わりが見え始めたとき、私はそう思っていました。実際、途中まではわりとうまく併走できていたはずです。しかし元々のスタミナがないせいか、少しずつ息が切れてきて、ペースが落ちて、ちょっとしたつまずきで一気に足元がおぼつかなくなって……。そうこうしているうちに「一緒に走ろうね」と言っていたはずの春は、無情にも私を追い越していってしまいました。

やっぱり春にはついていけない。部屋の窓を開けて布団に突っ伏していると、土と緑と日なたの匂いのする風が吹き込んできます。もうこの空気がだめだ。気持ちがむやみに掻き立てられて、じっとしていられなくなる。思えば、ここのところは毎日明るい時間に外出をしていました。冬の間は暗くなってから起きることも多く、丸一日布団の中で悶々としていることだってしばしばあったというのに。この春を迎えてからというもの、そんなふうに過ごした日はほとんどありません。明るい時間を無駄に溶かしてはいけない。華やいだ季節に急き立てられ、「活動的でない時間」を過ごすことに恐怖を抱いていたことに気づきました。

このままではだめだ。そう感じて、昨日は一切の外出をやめました。それどころか夕方まで惰眠を貪り、日が沈むまで布団でごろごろし、夜はインスタントラーメンを寝間着のまま食べ、明け方までジュースとお菓子を広げてスプラトゥーンで遊ぶという暴挙に及んでしまいました。はっきりとした意志でもって、でろでろの泥のような一日を送ってしまった。この極端さは自分でもさすがにどうかと思うのですが、おかげでだいぶ英気が養われた気がします。

しかし今日もいやに天気が良く、春だなぁ、と感じるたびに胸のあたりがざわっとします。やっぱりこの空気には乗り切れない。もういっそ、春とは周回遅れくらいの距離感で付き合っていくのがいいのかもしれません。同じ速度で走っているわけではない、むしろこっちは徒歩、くらいのペースだけれど、ときおり後ろから走ってくる春とすれ違って挨拶を交わす。自分の調子と春の明るさがよいタイミングで重なるときだけ、ちょっとだけ追い風をもらって足取りが軽くなる。そんなふうに都合のいい付き合いだって、ありなんじゃないかなぁと思います。別に毎日が素敵な春である必要はないのです。

無理なく自分なりのペースでやっていれば、また遠くない日に春とすれ違うでしょう。それを楽しみにしつつ、しばらくの間は歩いたり走ったり休んだり、適当にやっていくつもりです。

少しずつ薄着になっていく時期ですが、体調にはお気をつけて。そちらもどうか、くれぐれも適当なペースでお過ごしください。

✉ なんでもない日にホテルに泊まる

二〇一九年六月

こんにちは、調子はいかがですか。二ヶ月ぶりのお便りですね。ついこの間までは夜風に体を冷やしていたはずなのに、ここ数日は完璧に真夏の暑さ。熱中症などにはなりませんでしたか？　私はなりました。すでに初夏の洗礼でぐったりしているのに、これから梅雨がくるなんて信じられない。夏本番を迎える前に、体力が底をついてしまいそうです。

この間、お台場のホテルに一人でお泊まりをしました。何があったというわけでもないのですが、人混みに疲れていたり気が急いていたりで、とにかく脳のメモリがパンパンだったので……。頭の中が熱くて騒がしくて、このままではパツーンと処理落ちしてしまう。どこか静かなところに避難したい。人がいなくて、音や文字の刺激がなくて、外の空気がたくさん吸えて、眺めの良いところへ。深夜、発作的に予約を入れ、次の日の午後にはもう、軽い荷物だけを手に家を脱走していました。

チェックインは十五時。中央線で新宿まで出て、そこからりんかい線に乗り換え。日の高い時間に外に出るのは結構久しぶりで、電車の中から陽光に黄色く光る建物を見るのが新鮮でした。乗り換えの途中でルミネへ寄り、マークスアンドウェブで使い切りのバスソルトを買う。これをホテルのお風呂に入れるのです。ついでにプラザも覗いてみると、「ちょっとだけひとやすみ」と書かれたクナイプのバスソルトがあり、その文言とパッケージのペンギン（の、ぬいぐるみがバカンスを楽しんでいる写真）が胸を打つものだったので、それもいそいそとレジへ持っていきます。購入後にミントの香りがかぶっていることに気がつき、「もうなんでもいいからスーッとしたいんだな」という欲望を自覚させられました。

平日だったこともあり、お台場はとても静かでした。まったくの無人というわけではないけれども、少なくとも半径五メートル以内に人はいない。駅からホテルまでは十五分ほど歩きましたが、それだけでもう、息の吸える感じが新宿とは全然違うのです。

私は埋立地がとても好きです。道が広々としていて、人の生活の気配がなくて、すべてが真新しくつるっとしていて、情報が整理されきっていて、できたてのゲームのフィールドみたい。何も考えず、安らいで、好きな方を向いて、好きな速さで歩くことができる。東京の真ん中の方では、自分は常時何かに萎縮したり緊張したりしている気がします。音や光や文字や人の気配なんかの膨大すぎる情報に晒されながら、周囲と目を合わせずに前だけを睨んで、人波に煽られないように身体を強張らせて、見知らぬ誰かに自分の領域を侵されないよう、できる限り足早に歩く。それはとても疲れることです。

ホテルにチェックインをして、部屋のベッドで三十分ほどお昼寝をした後に、ゆりかもめに乗りました。私はたぶん、地球上の乗り物の中で一番ゆりかもめが好きです。ちょうど空の色が移り変わる時間で、先頭車両の一番前の座席（正面に大きな窓がある）に座り、ただひたすらぼうっと景色を眺めていました。窓ガラスにはうっすらと青いフィルムが貼ってあるらしく、水の中にある街を走っているような気分になります。頭に溜まっていたどうしようもない悩みや不安が、さらさらと音を立てて消化されていく。パソコンを使っているときの「ごみ箱を空にする」に限りなく近い営みだと思います。
ゆりかもめを路線図の端から端まで流した後、ヴィーナスフォートへ行ってみることにしました。何も買うつもりはなかったのに、雑貨屋さんで見つけた「眠っているリスザル」のぬいぐるみがあまりにいたいけだったため、衝動的に保護、あとは夕飯代わりにファミリーマートのサラダと春水堂のタピオカを買って、ホテルへ戻りました。夜のお台場は、しっとりした潮の匂いがします。

サラダを食べ、タピオカを吸い、香りの良い塩を入れたお風呂に汗だくになるまで浸かって、おさると一緒に布団へ入りました。ホテルのシーツ特有の甘い匂い。ぱりっとした肌触り。干したするめみたいに強張って宙に浮いていた身体が、茹ですぎた餅のように脱力します。こんなふうに、完璧に布団へ身体が沈んでいる感覚を味わうのはいつぶりだろう。ものすごく久しぶりに、自分の重みというものを取り戻した気がします。ここのところはずっと、暗いうちに眠れていませんでした。一日の仕事ぶりが十分ではないとか、何かやり残したことがある気がするとかで、自分に「休む」スイッチを入れる許可が出せずにいたのです。なので明け方まで頭をキュルキュル回し続けて、バッテリーが切れるのを待つ。健康に良くないこと請け合いですね。

目が覚めたのは、朝の四時すぎでした。頭がはっきりしている。身体を起こし、ベッドの上に座って、部屋の窓から朝焼けを見ました。紺の空に少しずつ橙色が混じり、薄い桃色に染まり、それからゆっくりと白んでいくまで。二時間ほどそうしていたでしょうか。窓の外が完全な朝になるのを見届けてから、お風呂を溜めてお湯に浸かりました。ミントの香りが涼やか。明るい時間に入るお風呂というのは、どうしてこう爽快なのでしょう。いい塩梅に身体が弛緩したので、もう一眠り。再び覚醒したのはチェックアウトの十五分前で（！）、慌てて日焼け止めだけを顔に塗り、ホテルを飛び出し、そのまゆりかもめに乗りました。豊洲のららぽーとに寄っていこうか。いや、やっぱり止めよう。自分に残留している安らぎの気配を散らしたくなくて、そのままますぐ家に帰りました。

なんだか紀行文っぽくなってしまいましたが。こうして文章に起こしてみると、実際に体験をしたときと同じくらいに気持ちが落ち着くのが分かります。パソコンに向かいっぱなしだというのに肩がすとんと落ちていて、自分の周りだけ音がないような、薄いドームのようなものに保護されているような、不思議な感じです。

昨日は、登戸の方で悲しい事件が起きました。本当にいたましく、一日のうち何度もそのことを思い出しては気持ちが引っ張られてしまって、涙が出ます。テレビやネットのニュースを見るのがつらい。私もまだ心の置き場が見つからないし、たやすく見つけてしまってはいけないような気もする。ただ、今日こうやってお便りを書けたことについては、とても救われたように感じています。

勝手かもしれませんが、このお便りを読んでくれたあなたにも、何かちょっとした、気持ちの安らぐときがあればいいなと思います。また来月まで、どうぞご自愛ください。

✉ 梅雨は自力では越せないから「せっかく」の波に乗る

二〇一九年六月

こんにちは、調子はどうですか？　今日は部屋で雨の音を聞きながらお便りを書いています。もう六月、梅雨ですね。

毎年この時季は低気圧で元気がなくなり、気持ちもぐらつきがちになるのですが、今年はやや落ち着いて過ごせている気がします。もちろん、不安定な気候に振り回されてはいますし、この間の気圧の谷には吸い込まれるように嵌りました。けれども例年のように、毎日を鬱々と過ごすことはないように思います。

その理由としてなんとなく感じているのは、「梅雨に関しては自分はもうだめだ」と諦めがついてきた、ということです。「頭痛ーる」（気圧の変動を教えてくれるアプリ・

とても助かる）を毎日チェックして、急降下するグラフと「超警戒」の文字を見たら、その日はもう諦める。「今日はもう無理なので閉店で～す」と声に出して宣言してから、お布団に入ります。生産性のある行為を自分に課すのをやめて、ご飯もウーバーイーツで頼んじゃう。もちろんこれまでも「梅雨はあかんわ」という意識はあったのですが、今年はその割り切り度合いがさらに高まっている、のかもしれません。

それに最近の私はなんというか、自我が薄い暮らしをしています。こうじめじめしていると食欲も湧かないし、蒸し暑さで頭もなんだかぼうっとして、何かをしたいという意欲が出てこない。気を抜いていたら、そのまま自分の存在が希薄になっていってしまいそうな感じ。

とはいえ、周りに心配をかけるだろうから食事もどうにか摂らないといけないし、仕事だってやっていかなければなりません。「梅雨を自分の力で乗り越える」という気には全然ならないものの、周りの人の善意とか、自分に割り当ててもらった役目とか、そういう大きな波に押してもらいながら、どうにか梅雨を漂っているのが現状です。

少し前に、六月とは思えない暑さの日がありましたね。そのときに外を歩いていたら、近所のおじさん（独り言がめちゃめちゃでかいけど親切）が打ち水をしながら「熱中症にはカルピスと味噌汁が良いらしいですよ」と教えてくれました。カルピスと味噌汁。同時に聞くとすごく食べ合わせが悪そうです。しかもどっちも汁というか液状だし。おそらく別々に聞いた情報がおじさんの中で統合された結果だと思うのですが、なんとなくカルピスと味噌汁の混じり合った味が口の中で想像されてしまい、微妙な気持ちになりました。

ですがせっかくなので、家に帰る前に自販機で缶カルピスを買い、その場でグビグビ飲みました。なぜカルピスが良いのかは謎だけれども、とりあえず普通に水分は大事。そしてカルピスはおいしい。昔はもっと喉に引っかかる感じがして苦手だったけど、年々おいしくなっている気がする。ついでに家の前のコンビニでインスタントのお味噌汁も買いました。ちなみにその日の朝ご飯は、同居人が買い置きをしてくれていた飲むゼリーと、実家から送られてきたカゴメのスープ。あんまり食欲はないけれど、せっかく用意してもらったんだから、食べよう。仕事もしんどいけれど、せっかくもらった仕事なんだから、やろう。疲れたらお味噌汁も飲もう。「せっかく」の大きな波がきている。

明日は、東京ドームのあたりにあるスパ施設に行くつもりです。たまたまじゃらんのポイント（よくばら撒かれるやつ）が千ポイントくらい当たったというメールが届き、それを確認しにサイトにログインしたら追加でクーポン（これもよくばら撒かれるやつ）も千ポイントくらい当たり、例によって「せっかくだしな」と思ったので……。

しかしよく考えたら最近は銭湯にも行けていなかったし、腰や背中も凝っている気がする。ぼんやりしていたら、また全身が干物のようにバキバキになるところでした。じゃらんのクーポン、これもまた大きな波でしょうか。

✉ 静かな暮らしを求めて

二〇一九年八月

お久しぶりです。またもや二ヶ月ぶりのお便りですみません……。じめじめと暑く、空気がまとわりつくような日が続きますが、調子はどうですか？　湿度が高いと微弱なサウナにいるようで、息を吸うのがちょっと苦しくないですか。もう少しからっとしてくれると助かりますね。

この七月と八月は、とてもバタバタでした。なぜかというと、引っ越しというイベントがあったから。大学時代から三年半ほど住んだ高円寺を離れ、この夏からは都内のやや奥まったところで暮らしています。まだ開いていない段ボールがいくつかあるものの、新しい部屋にいる感覚にも慣れ、やっと生活のペースが掴めてきたところです。

契約更新の時期でもないのに引っ越しをしたのは、なんというか、色々なものの容量がそろそろ限界だったからです。同居人と住んでいた１Ｋのマンションは、二人暮らしにはちょっと手狭でした。そこら中に物（というか本）があふれていて、私の机は物置きと化しているし、片付けをしようにも片付けるためのスペースがない。そして部屋が物理的にいっぱいだと、頭の中までいっぱいになってしまう。つねに視界が騒がしくて気が休まらないし、集中も散ってしまうので、仕事はほとんど近所のファミレスか喫茶店でしなければならないという有様でした。

新しい部屋は、これまで住んできた物件と比べても、だいぶ広々としています。ちょっとしたダイニングと、和室と洋室が一つずつ。私は和室をもらい、昼はそこで仕事をして、夜は畳の上にお布団を敷いて寝ることにしました。毎日の上げ下ろしが大変ですが、運動にもなるし、寝る時間と起きる時間の境目がはっきりするのはいいなと思います。高円寺にいた頃は何をするのもベッドの上だったし、昼と夜も曖昧で、一日の感触がなんだかどろっとしていました。

荷物はあらかた押入れに入れてしまったので、畳の部屋は相当にがらんとしています。布団をしまえば、あとはパソコンを置く折りたたみの机があるくらい。物の気配（人と同じように、物にも気配というものはあるのです）がない、視界に文字や色なんかの情報が入ってこない。それだけで、こんなにも頭が楽になるとは思いませんでした。天井が高い。息がしやすい。自分の周りがとても静か。思考を流すパイプの詰まりが、つるりと流れていったかのよう。

加えて大きいのが、街の空気です。高円寺には若者、それも「何かやりたいことがある人たち」がたくさん住んでいて、いつも特有のエネルギーが充満していた気がします。駅前には賑やかな商店街もあるし、お店の数も種類も豊富。活気のある街、というのはああいうところを指すのでしょう。小さな空間に、情報とエネルギーが凝縮されている。楽しく便利ではあるのですが、その活気と情報の多さに疲れを感じ始めていたのもまた事実です。

引っ越し先はかなり落ち着いた、静かな街です。水と緑が豊かで、人間一人あたりに割り当てられるスペースが多い。歩いていても目や耳に飛び込んでくる情報がちょっとで済む。マンションは駅から離れているし、自転車がないとちょっと不便なところだけれども、駅から遠ざかるごとに少しずつ明かりや人気が消えていくのが、活動のためのスイッチを一つ一つ切っているようで安心できます。高円寺は常時スイッチがオンの街でした。ここはなんというか、「閑静な住宅街」という言葉を体現したようなところだと思います。

でも、たまに明け方まで眠れないことがあると、高円寺が恋しくなります。あの街の住人たちが醸し出す、独特の匂い。社会のルールをあんまり気にしていない感じ。規則正しく通うべきところがなくても、健康な人が眠る時間に眠ることができなくても、孤独や疎外感を抱かずにいられる空気。深夜でも部屋着のままちょっと外に出れば、どこかしら明かりのついているお店があったし、どんな時間であっても人の気配を感じることができました。ああ、この人たちも寝てない。その実感に慰められた日は数えきれないほどあります。

新しい部屋のドアを開けると、外は暗く、湿った緑の匂いがします。人影がない。音もしない。きっとみんな寝ているのです。コンビニまではそこそこ歩かないといけないし、零時を過ぎて営業しているファミレスもない。朝四時までやっていてくれた高円寺のデニーズよ……と想いつつ部屋に引っ込み、ダイニングのテーブルでお茶を飲んだりお菓子を食べたりして、眠くなるのを待ちます。

街の中には行く場所がないけれど、この小さなダイニングが、眠れない夜の新しい居場所になってくれるのでしょう。窓の外からリリリリリ、と虫の声がします。もう夏も終わりですね。

✉「自分のことがどうでもよくなるムーブ」に押し流されない

二〇一九年九月

こんにちは、調子はどうですか。九月も下旬、夏じゅう重たく湿っていた空気が少しずつ澄み渡ってきて、今年も秋が来るんだなぁという感じがしますね。かと思えば急に暑くなったりもするので、着る服に困っています。体温調節、できてますか？

私はこのひと月、とにかく必死に仕事をしていました。というか、まだ終わっていないので今も必死にやっているところです。毎日ずっとパソコンに向かって原稿を書いているのですが、息も絶え絶えというか、だだっ広い海を手探りで泳いでいるような感じで、正直とても苦しいです（それでも楽しいのでどうにかやれています）。進みは遅いし、すぐに息切れはするし、体調には振り回されるし。自分の馬力のなさをひしひしと思い知らされます。

こういう状況で、自分に気持ちよく仕事をさせてあげるのはけっこう大変です。何かしらの進捗が滞っているときって、妙に自罰的な気持ちになったりしませんか？　私はすごくなります。ご飯をお腹いっぱい食べたり、お風呂にゆっくり入ったり、睡眠をたっぷりとったり、気晴らしに外へ出かけたりの「よき行為」に対して、無用な罪悪感を抱いてしまう。眠くなったら嫌だからご飯は後で適当に食べよう。お風呂に入れば気が緩むし、今日はシャワーでいいや。疲れたし集中なんかとっくに切れてるけど、この作業が終わるまでは寝たらいけないような気がする。あーっ外に行きたい。でもそんなことしてる場合じゃない。だって何にも終わってないし……。そんなふうに、おのれの扱いがズルズルとぞんざいになっていくのです。これはよろしくない。心と体がすり減って、仕事の進みだってますます悪くなってしまいます。

なので最近は歯を食いしばって、自分の気持ちをよきところに押し止めておく努力をしています。歯を食いしばってすることではない、というのは重々承知しているのですが、定期的にやってくる「自分のことがどうでもよくなるムーブ」に押し流されず、毎日を粛々とやっていくためには、それくらいの力が必要なのです。

たとえば、自分の手が届くところにおいしいものを用意しておくこと。ドライフルーツとナッツがたくさん入った、小さくて硬いパン。クラッカーとクリームチーズとジャム。ロッテのチョコパイ。冷蔵庫で冷やしたぶどう。空腹を覚えたときに「後でいいや」でなあなあにしてしまうと、気づいたときには飢えをどうにかする力もなくなっている。そういうことがままあるので、すぐに手が伸ばせてお腹に入れられて、自分を喜ばせてくれる食べ物を常備しておくことにしました。

それから、こまめに気の休まる時間を作ること。忙しいときはなんとなく安らぎ的なものを遠ざけてしまいがちだけど、それをどうにか振り切ってみる。とくに自分は良い匂いのものを嗅ぐと気持ちが落ち着くので、明るい香りのお茶を飲んだり、窓を開けてお香を焚いたり、入浴剤を溶かしたお風呂に浸かったり、無意味にハンドクリームを手に擦り込んだりしています。その間は感覚が一つに絞られて、体や頭のざわめきのようなものが遠くに行ってくれる。そういう瞬間が日に何度かあるだけで、だいぶ心が長持ちすると思うのです。

そして、「あー、なんかダメなゾーンに沈んでいってるな」と思ったら、早めにそこから足を洗うこと。夏に引っ越してから、私はよく自転車で近所を徘徊するようになりました。家のそばにある竹林を見に行ったり、少し離れたコンビニへお菓子を買いに行ったり、新しいスーパーや薬局を開拓してみたり(まだ活動圏内にどんなお店があるのか分からないのです)、とにかく外の空気を吸う。心身が重たくて仕方ないときは、ためらわず横になる。鬱々として息苦しいときでも、タオルケットをかぶって二時間くらい眠れば、多少頭がすっきりしている気がします。

どれもささやかでちょっとしたことですが、大いなる「自分のことがどうでもよくなるムーブ」に逆らいつつ、その一つ一つを細やかに拾い上げていくのは、実のところかなり根気のいる作業だと思います。少なくとも私にとっては、毎日三十回腹筋をするとか、通販で買ったエアロバイク(買ったことないけど)を物干しにしないように毎日使うとか、そういうジャンルの努力に近いです。意識しないと始められないし維持できない、筋トレみたいなもの。だるいし面倒だしすぐに投げ出したくなるけど、とりあえずやってみる。できれば続けてみる。その積み重ねで、変わっていくものもあるはずでしょう。

このお便りを書きながら、ふと「丁寧な暮らし」というワードが脳裏をよぎりました。手間を惜しまず、自分を大事に。私のこれは、少なくとも今の段階では「暮らし」ではありません。「暮らし」とはもっと自然な、呼吸のようなもの。しかしこのままトレーニングを重ねていけば、筋力がモリモリつき、息をするように丁寧な暮らしを営めるようになるのかもしれない……。

そんなくだらないことを考えながら、今日はお布団に入ろうと思います。毎日、夜は八時間眠ることにしているのです。

いつか私も天竺に行けますか

二〇一九年十一月

「年を取るとね、生きるのが楽になるよ」

一回り少し年上のタキヤマさんが発したその言葉は、まだ大学生の私にとって、どこかとてつもなく遠い国の話みたいに聞こえるものだった。「砂漠を越えた先に天竺がありますよ」と言われるのと同程度には途方もない、夢のような話。当時の私は生きるのが全然楽じゃなかった。だけどそれを聞いてからというもの、大きな波に飲み込まれそうになるたびに「年を取ったら楽になれる」と自分へ言い聞かせるのが習慣になった。意味はよく分かっていなかった。

「楽になるっていうのは、余裕ができてくるってことですか」

「違う、その逆。年を取るとね、どんどん余裕がなくなっていくんだよ」

「余裕がないのに、楽になるんですか」

「そう。余裕がないから、目の前のこと以外は全部どうでもよくなってくるの」

今だって、るいちゃんのお世話して働いて家事やって、他のことに頭を使う時間なんかないもん。若いときはしんどかったけどね。タキヤマさんの隣でキラキラのゴムがついた頭が揺れる。「ママたち、るいちゃんの話してたんじゃない？」「うん、してたよ、してた」。るいちゃんはにっこりすると、食べ途中だったスパゲッティの皿に再び向かい始めた。丸い持ち手のプラスチックフォークを握って、迷いのない野性的な動きで麺を口の中へと運び入れていく。私の皿の中身は一向に減らない。銀色のフォークでうまく麺を巻き取ることができずにいて、トマトソースを浴びたスパゲッティが、どぅるん、どぅるん、と何度も半端な渦を描いては解けていく。

食べ終わりも、るいちゃんの方が私よりも早かった。「ごちそうさまでした」のコンマ五秒後くらいには興味の対象が移っているのか、「るいちゃんのお友だち見せてあげようか」と言いながらリュックを開け、小さいクマや女の子の人形や毛糸でできた謎の生き物をテーブルの端に並べ始めた。「ちょっと、お姉ちゃんまだ食べてるでしょ。待ってあげなさい」「はーい」。生きている時間が違う。タキヤマさんはとうの昔にサンドイッチを食べ終わっていた。

二人との会食は楽しかった。なのに家に帰って一人になった途端、あっけなく気持ちのバランスが崩れる。部屋の中は薄暗い紫色で、防災無線から流れる夕方の音楽が寂しい。服や化粧もそのままに冷えたベッドに潜り込むと、特に理由のない涙がおろおろと出てきた。頑張って外に出た後はいつもこうだ。いや、出なくてもこう。雨が降る、気温が下がる、低気圧がくる、外が暗くなる、冬の匂いがする、疲れる、眠れない、寝すぎる、うるさい、お腹が空く、生理が近くなる。本当にちょっとしたことで気持ちが波立ってどうしようもなくなる。あ、きた、と思った頃にはもう、心が真っ暗な沖に引っ張り込まれているのだ。琴線が藻のように儚い。

そういうとき頭に浮かぶのは、決まって悲観的で生産性のない事柄だ。どうして自分は他の人みたいに色んなことができないんだろう。学校にもアルバイトにも満足に行けていない。就職活動も諦めた。実家の両親はきっとがっかりしている。あの人たちは私にどうなってほしかったんだろう。育て方を間違えたと思っているのではないか。みんな私のことを面倒だと思っている。別れた彼氏もそうだ。憎たらしい。自分はきっと一生誰かの一番好きな人にはなれない。どうして自分はこんなふうになっちゃったんだろう。自己愛ばかりが強くて自尊心がない。どこまで遡ってやり直せば、清らかで正しく、人の役に立てる人間になれるんだろう。体を起こす気力は湧かず、頭だけがぎゅるんぎゅるんと回り続けている。徹夜でするゲームみたいに止めどきが分からない。一体いつになったら、この苦しい時間は終わるんだろうか。

何よりつらいのは、時間がたっぷりとあることだった。なみなみと湛えられたモラトリアムの期間。巨大なプールの真ん中に放り込まれたような心地で、右も左も分からず、手足を伸ばしても確かな感触が得られない。体が重い。息が苦しい。泳いでいるのか沈んでいるのかも分からない。曜日の感覚が曖昧。ご飯はいつ食べたらいいのだっけか。夜は眠れなくて、明るくなった頃に泣き疲れて寝る。二時間で飛び起きることもあれば、二十時間眠り続けることもある。起きた頃に目に入る薄い光が、朝焼けなのか夕焼けなのかすら区別がつかない。頭が痛くなるまで泣く。また眠る。たまに外に出ると妙に元気が出て、帰るとまた枕を濡らすだけの妖怪になり果てる。感情が多すぎる。考えるのがやめられない。切れ目のない、あふれんばかりの時間の中で、ひたすら自我との戦いを繰り広げる。十代の終わりから二十代の前半にかけては、ほとんど毎日がこんな調子だった。

それが少しずつ和らいできたのは、大学を出て働くようになってからのことだ。結局就職はしなかった。家で書き物の仕事をして、週に何回かは本屋さんでのアルバイトに出かけている。実はまだ仕送りをもらっているので偉そうなことは言えないけれど、近いうちに間違いなくそれは終わるだろうし、どうにかして自力で生活を組み立てていかないといけない。家には同居人がいるからあまり雑な暮らしもしたくない。やるべきことがたくさんあるのだ。

そうなると、なんとなく時間というものにも手触りが生まれてくるような気がする。寒天を溶かした水が少しずつ固まっていくように。スプーンですくい取ったり、ナイフで切れ目を入れたりできるものになりつつある。それはたぶん、考えるべき問題が徐々に具体的になってきたからだ。仕事のこと。お金のこと。心身の健康のこと。一ヶ月で必要なお金はこれだけ。これだけのお金をもらうためには、これくらいの仕事をしないといけない。でも今のままでは足りていないから、少しずつ量を増やして行く必要がある。でもそれには体力的にも気力的にも余裕がない。どれも向き合えば万事解決するというものでもないけれど、少なくともあの果てしない自我との戦いに比べたら、実体の掴みやすい問題だと思う。

朝はなるべく明るい時間に起きて洗濯物を干す。布団を押入れに上げる。目覚ましのご飯を食べる。パソコンに向かう。ちょっとしんどくなる。横になる。またパソコンに向かう。バイトに出る日もある。夕方になったらスーパーに買い物に行く。夜ご飯を二人ぶん作って食べる。パソコンに向かう。後ろ向きな考えがよぎる。お風呂を沸かして入る。布団を敷く。部屋を暗くする。つらい気持ちがくる。明日の仕事のことを考える。ダイニングにおやつを食べに行く。スマホをいじって、どうにか心を落ち着かせて寝る。生活の務めがひっきりなしにやってきて、私の時間はどんどん細切れになっていく。

仕事の合間にネットサーフィンをする。行き詰まってどこか遠くに行きたいと思うたびに旅行サイトを覗いてしまう。行き先は草津だったり仙台だったり大阪だったり北海道だったりする。このあたりなら年に一回くらいなら行ってもいい。もっと遠くに行きたいときは、たまに海外の旅行先も見る。だいたい韓国や台湾から始まって、グアムやハワイとかの南の島、フィンランドやスウェーデンみたいな寒い国もいいなと思う。ただ今はお金もないし、パスポートだって持っていない。それでも何年か頑張って働いて余裕ができたら、行けないこともない気がする。

「年を取るとね、生きるのが楽になるよ」

正直に言って、まだ生きるのはそんなに楽じゃないなと思う。時間の感覚が溶けるくらい苦しい日はしょっちゅうやってくるし、タキヤマさんが見ていたのと同じ景色を、私はまだ見ることができない。だけど、今の生活と地続きにある光景として想像することはできる。パソコンの画面にまばゆく映る、まだ見ぬ国々の写真のように。お金もないしパスポートだって持っていないけど、いつか私も天竺に行けるだろうか。

✉ つらいだけの秋じゃなかった

二〇一九年十一月

こんにちは、またしてもお久しぶりです。いかがお過ごしでしたか？

今年の秋は、何がなんだか分からないうちに終わってしまいました。とにかく仕事のことで頭がいっぱいだったせいか、それ以外の日常の記憶が全然ありません。なんというか、頭の中に硬めのシリコンがみっしりと充填されている感じ。表面張力ぎりぎりのコップを手に、もったり、もったりと蟹歩きをするような暮らし。毎日しんどいにはしんどかったけれど、どうにか仕事を終えつつ、季節の変わり目を乗り越えることができました。

この数ヶ月かかりきりだった仕事が落ち着いたのは一昨日のことで、昨日は一日、そのクールダウンに充てていました。やや崩壊ぎみだった生活リズムを仕事終わりの爆睡でリセットし、久々に黄色い朝日が差し込む時間に起きる。朝から白米を食べ、お茶をたくさん飲み、溜まっていた洗い物を半分ほど片付ける。身なりをちょっと整え、パソコンの入ったリュックを背負い、自転車に乗って外へ出ました。

ここのところ薄暗かった空がぽかーんと晴れていて、空気は冷たいものの、顔や首元に当たる太陽の光はちりちりと暖かい。背中のリュックは少し重たいけれど、ずっと背負っていた仕事の重圧からは解放されている。爽快としか言えない気分です。

どこに行こうかな、と思いながら近所を徘徊し、まずは図書館へ向かうことにしました。やたらと暖房が効いた図書館で文庫本を一冊（絲山秋子の『ニート』です）読んだら気が済んだので、外へ出て、また行く先を考えながら適当にうろうろし、ちょっと遠くにある郊外仕様のスタバまで自転車を走らせました。郊外仕様のスタバはだだっ広い通り沿いにあるもので、そこに行こうとするときも、必然的にだだっ広い道を通ることになります。滑らかに舗装された道路が、すこーんと遠くまで突き抜けている。空気が澄んでいるから消失点すれすれまで先が見える。車がやってくる。

店内では明るい窓際の席に座り、マグカップに入れてもらった甘いお茶を飲みました。パソコンを開いて、ずっと手がつけられなかった自分のための文章を書く。少しずつ西に傾いてきた日が、窓ガラスに近い顔の右半分だけを炙る。熱いし眩しいけれど、そんなに嫌ではありませんでした。ここのところ家に籠りきりで、昼夜も逆転しかかった暮らしをしていたので、どんな形でも太陽が浴びられるのが嬉しいのです。目をしばしばさせながらパソコンに向かい続けていると、店員さんがやって来てブラインドを閉めてしまったため、それを区切りに店を出ました。もうおやつの時間を過ぎています。

駐輪場から自転車を引っ張り出しつつ、そういえば、このスタバより先は未開拓だったと思い至りました。見通しのよい道はまだまだ続いているように見えます。ここをずっと行った先には何があるのか。ペダルを踏み込んで、帰路とは反対方向にハンドルを切る。まだ元気が残っていたし、外の空気が気持ちよかったので、そのまま自転車で散策を続けることに決めました。

広々とした道を地図アプリも見ずに走っていくと、景色が少しずつ見覚えのあるものに変わっていきます。来たことはないけれども、わかる。平べったい戸建てのファミリーレストラン。キッズスペース付きのマクドナルド。ガラス張りの外車のショールームにガソリンスタンド。あらゆる店の看板が、空高くにょっきりと首を伸ばしている。既視感ありまくりの田舎の光景です。ここは本当に東京でしょうか。安らぎとおかしみに包まりながら自転車を漕ぎ続ける。交差点にぶつかったら、行きたいと思った方へ曲がる。それを何度か繰り返す。東京には行くべき場所が多すぎるので、こういう目的地のない移動は新鮮でした。

途中で通りがかったホームセンターに入り、休憩スペースでスマホをつけてみると、思ったよりも遠くに来ていたようです。歩いて帰るのはなかなか大変そうだ。GPSの座標がぶれるのか、灰色の地図の上で現在地を示す青丸がおよおよと揺れています。一人でここまで来たのか、すごいな、と語りかけたい気持ちになりますが、つまりその青丸とは自分のことなのでした。

帰路についたのは、ちょうど夕暮れの時間でした。自転車のタイヤが、降り積もった街路樹の落ち葉をかさささ、と踏む。まだ夜露に湿っていない黄色い葉の、晴れやかな水のような匂いが吹き込んでくる。ふっと顔を上げると、高い空には朧ろな雲がかかり、その隙間からあふれるように注がれた黄金色の光が、建ち並ぶ家々の横顔を照らしていました。眩しくて目を瞑りそうになる。秋ってこんなに眩しくて、彩度があるものだったっけ。鼻の奥が痛くて視界も曖昧になってきて、ペダルを漕ぐ速さを少し落としました。

何年か前の秋に心身をおかしくしてから、私はずっとこの季節が苦手でした。暗く空気の淀んだ部屋に閉じこもって、日の光も浴びずに何日も何日も自傷のような考え事ばかりしていた季節。そのときのことを思い出すので、毎年秋から冬にかけては極端に気持ちが落ち込むのです。あのつんとした匂いを嗅ぐたびに、うわーっと叫んで逃げ出したくなってしまう。昔はとても好きな季節だったのに。

けれど、今自分を包んでいるこの空気は、懐かしく好ましいかつての「秋」のような気がしました。息を思い切り吸って、肺を冷たく澄んだ風で満たす。黄金のような夕日が沈んでいくのが惜しい。

冬が深まればまた、憂鬱な気分に飲み込まれるかもしれないし、来年になったらまた秋が嫌いになるかもしれない。心身のバランスが崩れるきっかけなんていくらでもあるし、今だって毎日元気で健やかに暮らしているとは言えません。それでも、今年の秋はつらいだけの秋じゃなかった。今日のこの感じは「秋」フォルダの一番上に置いておこう。いつでも取り出して眺めることのできる場所に。そうしていれば、またしんどい季節がやってきたとしても、少し安心していられるような気がするのです。

家に帰ると、慣れない運動に筋肉が悲鳴を上げているのか、玄関から一歩か二歩いったあたりで膝ががくがくに崩れ、部屋の中の色々なでっぱりに掴まりながら歩く羽目になりました。こんな感覚を味わうのも随分久しぶりで、やや笑ってしまう。

明日はきっと筋肉痛でしょう。いや、運動不足だし、もっと後かも。下手したら三日くらいかかるかもしれない。情けないけれども、それすらちょっと嬉しい。取り急ぎ、熱いお風呂を沸かして、酷使した太ももを労ろうと思います。

✉ 賽の河原で「調子」という名の石を積む

二〇二〇年一月

こんにちは、寒くなったり急に暖かくなったりまた寒くなったり、雨がいきなりどばどば降ったりで忙しないですね。今年は暖冬というものの、こう目まぐるしく気候が変わると、一日おきに違う季節を生きているようです。お天気に振り回されて疲れてはいませんか？　日の出ている時間も長くなってきましたし、春が来るまであとちょっとだけ耐えましょうね。

近頃の私は、季節のもろもろに煽られながらも、一歩一歩地面を踏み固めるように、あるいは一つ一つ石を積んでいくようにしながら生活をしています。それなりに仕事をし、外に出て日を浴び、疲れきらない程度に体を動かし、ご飯らしいご飯を食べ、お湯に浸かり、体をしっとりさせ、夜は八時間か九時間寝る。追いついていないこともたくさんあるし（ちなみに今年も年賀状がまだ書けていません）、まだ全部のことを自然にこなせる域には達していないので、かなり注意力を使いながらなのですが、この時期にしてはまあ、調子よく過ごせている方だと思います。

しかし、どんなに気を遣って調子をキープしようとも、駄目なときはちょいちょいやってきます。もうお決まりといえばお決まりなのですが、急に寒くなったとか生理が近づいてきたとか知らない間に疲れが溜まっていたとか、そういう制御不能な何かが唐突に襲ってくることで全部が台無しになる。いや、全部とまではいかないかもしれないし、実際は七割か八割くらいかもだけど、体感的にはすべてが「おじゃん」。せっかくうまくいってると思ったのに……。そのタイミングたるや、まるで賽の河原のようです。

せっせと積み上げてきた「調子」という名の石が、よし、いい感じ、いい感じだと思って手を離した途端、大いなるものたちの力によってワーッと蹴散らされていく。半べそで地面に倒れ伏し、散らばった石をかき集める。ううっ、ひどい。なんてこったい。すぐに積み直す元気は出なくて、しばらくの間石ころを掻き抱いてしくしく泣いたりもする。はあはあ、もう大丈夫、もう一回いってみよう、と積みの作業に戻ると、またいい感じのところでゴシャーッと崩される……。正直、この営みをもう何百回続けてきたか分かりません。程度の差こそあれ、いつだって妙に残酷なタイミングで「不調」というものは襲いかかってくるのです。切ないですね。

しかし何度も繰り返しているだけあって、「調子」の石を積み上げる技術は年々向上しています。石を蹴散らしにやってくるものたちのあしらい方も、少しずつこなれてきている(たぶん)。駄目になるときは駄目になるんだけど、積めることには積めるんだよな。それに、ずっと石を持ち上げては置いてという運動を反復していると、だんだん腕に筋肉がついてくるのが分かります。つまり毎度台無しになったとしても「確かに自分はやってきたのだ」という事実までが消えるわけではないし、やってきた自分にはやってきたなりの変化がある、ということです。

あとは何というか、慣れからくる諦めもあるかもしれませんね。少し前までは、調子が崩れるたびに「あんなに調子がいいと思っていたのは嘘だったんだ」「もうこの沼から上がるのは一生無理なんじゃないか」と激しめのショックに襲われていたのですが、今ではなんというか……「またか〜〜い！」みたいな感じです。もはやコントのオチに近いかもしれません。涙は出るけど、同時にちょっと笑うことだってできなくもない（いや、たまにガチ泣きするしかないときもあるんですけど）。

というわけで、直近の私は冬にやられて調子を崩したりはするものの、そのことをそんなに悲観はしていないよという報告でした。なるべく気を楽にして、ほどほどの頑張りを積み重ねつつ、春までやっていこうと思います。風邪やインフルエンザ、そして流行りの兆しを見せ始めたコロナウイルスなどには、どうぞ重々お気をつけて。

✉ 浅瀬に足をひたしてみる

二〇二〇年二月

こんにちは、冬の気配が遠ざかり、春らしい空気が鼻を掠めるようになってきましたね。体調はいかがですか？　そろそろ明るい色の服を着て遊びに行きたいところですが、コロナウイルスのことを考えるとそうも言っていられませんね。日常生活の端々に変な緊張感が染み込んできているし、ニュースを見たところで別にそれは払拭されない。一体何をどこまで怖がって、何をどこまで頼りにしたらいいのか。そもそも何をどこまで信じればいいのかすら、まったく分からない状況です。今年の春はちょっと（だいぶ）暗い始まりになりそうですね。げんなりしちゃいます。

さて、こんな時期で何なのですが、私は少し環境を変えています。というのも、実は今月から新しいアルバイトを始めていたのでした。大学の後輩が働いている会社で、週に三日ほど。お昼からの出社で夜もそんなに遅くなく、電車で通うのがそれほど苦ではない距離にある……と、もろもろの条件が揃っていたので、しばらくの間お世話になってみることにしました。

会社では、自分用の机とパソコンをもらいました。もちろん本当にもらったのではなく貸してもらえたということなのですが、会社という空間の片隅に、自分のために用意された場所がある。そのことがなんだか新鮮でした。

部屋にはいつも半分くらいの人がいて、黙ってパソコンを操作したり、紙をめくったり、電話をかけたり、何か相談事をしたりしている。残り半分の人は、会社の外で仕事をしたり、喫煙所で煙草を吸ったり、不規則な時間にご飯を食べに行ったり、居場所がよく分からなかったり、色々です。人が出たり入ったりするときにもそんなに挨拶をしない。空気がぎすぎすしているわけではなく、かといって特別に和やかなわけでもない。ただみんな、同じ場所で働く人たちに対する気持ちが、全然濃密ではないのだと思います。ぱらぱらと散らばって、ぱらぱらと自分の仕事をしている。私にもぱらぱらと仕事をくれる。指示はわりと大ざっぱで、聞けば細かく教えてくれるものの、だいたいのことは「まあ、やりやすいようにやってもらえれば」で済んでしまう。雑談もするにはするけれど、服装や髪型に言及されることもなければ、恋人の有無を聞かれることもない。働き始める前に後輩から聞いた、「ここの人たちは本当に他人に対する興味がないんですよ」という言葉にも、この数週間で納得がいきました（そしてその言葉こそが、私がこの会社でのアルバイトを「いいな」と思った理由でもあります）。

「久しぶりに外でお勤めっぽいことをするのですが」と話してみると、だいたいの知人からは「大丈夫なのか」「向いてないんじゃないのか」という反応が返ってきます。もちろん私も同意です。混んだ電車に乗るのも、決まった時間に決まった行動をするのも、同じ場所で長時間じっとしているのも、人間と、人間の感情が充填された空間に体を置き続けるのも、全部が苦手です。できればずっと一人で家にいたいと思うけれど、それだけだと不健康な気がするのも確かだし、書き仕事の不安定な収入だけではお財布も心もとない。あとはもうちょっとだけ外の世界（いわゆる社会というもの）に足を踏み出してみたいという気持ちもあります。色々な場所が知りたいし、色々な人が見たい。これはごく最近になって、自分の中から湧き上がってきたものです。でもドボンとオープンな社会に浸かる元気も適性もないから、何かこう、浅瀬でバチャバチャやる程度の社会参加をしたい。そう思っていた矢先にアルバイトの話を耳にしたので、「ええい、ままよ」と飛び込んでみることにしました。幸い最近は少し体力もついてきたところだし、電車も前ほど苦痛じゃない。まあダメだったらダメだったでそのとき考えればいいや。みんな人に興味がないというなら、そんなに期待もされないでしょう。

というわけで、私は今のところ、怒られもしないけれどそんなに褒められたりもしない、適当なアルバイトとして日々(といっても週に三日くらい)会社に通っています。やっぱり人のいるところはそれなりに疲れるけれど、前述のようにわりと放牧されていることもあり、給湯室で飲み物を作ってくつろぎまくったり、ちょくちょくオフィスから脱走したりして、自分的に「余計な気負いや無理や我慢をしていないぞ」と思えるムードを作り出せている気がします。

とりあえず、一年くらいは働いてみるつもりなので、応援してもらえると嬉しいです。それでは、お体には重々お気をつけて。

追伸：働き始めて二週間経ったあたりで、会社の人たちが歓迎会を開いてくれました。メニューは鍋。「コロナ」の三文字が頭をよぎりましたが、私は例によって「ええい、ままよ」と会を楽しみ、翌日から熱を出して会社を十日休みました。「これはもしかするともしかするのでは」とものすごくドキドキしましたが、単に歓迎会というものに免疫がなく、体がびっくりしてしまったのでしょう。一緒に鍋を囲んだ人たちはみんな元気そうだったので、それは本当によかったなと思います。

（追伸の追伸：コロナの感染が拡大して、一ヶ月ほど経つとこれも全然笑い話ではなくなってしまいました。書いたときはまだ平和だったんだな〜。悲しいことに……）

✉ 自分ではない「誰か」になる力

二〇二〇年三月

こんにちは、近頃はいかがお過ごしでしょうか。季節の変わり目で体調を崩したり、黄色い粉の襲来に苦しんだり、春の落ち着かない感じに頭がぼうっとしたりしていませんか。毎度お馴染みの「春っぽい症状」にも、今年は少し神経がざわざわさせられますね。社会全体が行き詰まって余裕がなく、自分のペースを保って暮らすのも難しく感じます。外の空気を吸いにくいというのもありますし、家の中でもなるべくそばに心が安らぐもの、五感が楽しくなるようなものを置いてくださいね。

日常の空気がどんよりとしているのも苦しいし、国内のニュースを見るのもつらい。とくに政治の話題が。いや、今に始まったことではないのですが、ここのところ目に入るニュースは、コロナのことにしてもオリンピックのことにしてもお金や仕事のことにしても、まっとうに怒ったり悲しんだりする気力を根こそぎ削がれるような、粗悪で虚ろなものばかりです。しかも一向によくなる気配がしない。国を動かしているはずの彼らは、けっして自分たちのいる安全で乾いた場所から動こうとはしません。私たちの暮らしに、本当の意味で目を向けようともしない。変わったり、揺らいだり、何かを染み込ませたりすることもなく、ただただあのようにあり続ける。とてもよくない意味での「盤石さ」を感じてしまうのです。

こういうときに私が思い出すのは、去年の末に行ったTHE YELLOW MONKEYのコンサートのことです。(実を言うと、この三ヶ月ほどの間、私はずっとそのことについて考えていました。)ナゴヤドームで吉井さんが最初に歌ったのは、戦争で死んだジャガーという男の歌。そして最後に歌ったのが、残された彼の恋人・マリーの歌でした。祖国に恋人を残して殺された若者と、恋に破れた女の悲しい歌。そこで叫ばれる彼らの情念は、それを歌う「吉井和哉」のものではない。国籍も、置かれている状況も、性別すらも違う、ここにはない人間のものです。しかしステージに立つ吉井さんの中には、間違いなく彼らがいました。眩暈を感じたのは、現実に対する不安もあったのでしょう。世界には争いの予感が漂っていたから。でもそれ以上に私を揺さぶったのは、吉井さんが見せた「自分という人間が置かれている座標から離れ、自分の知らない何者かになる」という営みへの畏れでした。

生まれた場所。育ってきた環境。与えられたもの。与えられなかったもの。どのように生きることを望み、どのように生きることを望まれてきたか。何に傷つき、何に救われてきたか。その人の体や心は、どんな道筋を辿ってきたか。そうした要素の一つ一つが干渉し合い、混じり合って、自分という人間の座標を決める。その座標は時にぶれ、揺れ動き、時には思いがけないほど遠くに飛ばされてしまうこともある。十代と二十代の自分はまったく違う人間かもしれないし、同時に、自分が自分であるという事実からは逃れられない。自身の力で個人の座標をずらすというのは、とても大変なことです。

世界にはあらゆる形の痛みやよろこびがある。私やあなたはたった一人の人間でしかないから、そのすべてを得ることはできないし、またすべてを得ずにいることもできない。同じように、この世界には信じられないほどたくさんの問題があるけれど、世界を生きる全員が、あらゆる問題の当事者となることはできません。それでも、問題を抱えた誰かの近くに座標を動かすことはできる。それを可能にする力のことを私は「想像力」と呼ぶのだと思います。

まだ知らない物語に触れること。お芝居や音楽でもいいし、目の前の、あるいは顔も見えない誰かと言葉を交わすのでもいい。私の外側にあるものをよすがに、私自身をどこか遠くへ連れていくこと。自分の内側にない景色を見ること。それは必ずしも優しい旅ではないかもしれません。否応なく引きずりこまれる、嵐のような想像力だってあるでしょう。吉井さんにジャガーとマリーの歌を歌わせたのは、そういう類のものだったのかもしれません。あの歌を作った頃の吉井さんは、今よりずっと若く、心も体もたぶんぐらぐらに揺れていた。当時のライブを映像で見ても、ステージの上で「違う誰かになる」彼の姿からは、どこか霊的な凄まじさが感じられます。そこにあるよろこびも苦しみも、私は正しく知ることができない。だから手放しで「彼にあのような力があったのはすばらしいことだ」と言うことは、私にはできません。だとしても、水や風がなければ私たちの世界が成り立たないように、想像する力というのは、この世界にとって絶やしてはならないものなのだと思います。

さて、長らく続けてきたこのお便りですが、実は今回で一度終わりを迎えることになります。これはだいぶ前から決めていたことで、私としては気候がすがすがしく、節目としても晴れやかな三月に……という希望を抱いていたのですが、そこはなかなかうまくいかず、不安ばかりがある春になってしまいました。

それでも、今日はとても天気がいい。外は日差しを浴びて黄色く光り、柔らかい土埃の匂いがして、ずっと素知らぬ顔だった桜の木々も、一斉に花をつけ始めました。社会がどんな状態であっても、春は無情にやってきて、私たちの心を温めたり掻き乱したりする。「春はなんか優しくて残酷」と吉井さんも歌っていましたけど、まったくその通りで笑ってしまいますね。

またいつか、お手紙出します。ままならないことばかりの日々はこれからも続くでしょうが、それまでどうぞご自愛ください。元気でいてもいなくても、なるべく気を楽にして、伸びやかに暮らしてください。へんしんは、不要です。

追伸　自分の「庭」を持ち続けること

二〇二〇年五月

こんにちは、お久しぶりです。調子はいかがでしたか？　私はいつも通り、そこそこ具合が悪く、元気のない日が続いています。気持ちは不安定だし、仕事は遅々として進まない。色々なことを諦めつつ、どうにか人間の形を保って生活することに尽力しています。

三月に最後のお手紙を書いて以降、日に日に新型コロナの感染者は増えてゆき、四月に入ってからは緊急事態宣言が発令、街はすっかり灰色になりました。ただお店や施設が閉まっているだけではありません。これといった補償の伴わない、政府からの一方的な「お願い」によって、今は必要ないですよね？　と判断されたものたちが、次々と切り捨てられていく。喫茶店でお茶を飲む時間や、親しい人、取り立てて親しくない人との会話や出会い、気ままに歌ったり踊ったりする場所。開け放たれた空間で新しい知識や体験に触れる機会。文化や芸術。私たちの生活を潤わせてくれる、生存からあふれ出した何か。

余計なもの、取るに足りないもの、何に役立つのか分からないものは、とりあえず今は大事じゃないから置いておいていい。寄り道せずに目的地まできびきび歩こう。人に迷惑をかけないように、この瞬間に間違いなく必要なものだけを選び取ったら、まっすぐにお家へ帰りましょう。その「まっすぐ」な道から分かたれ、取りこぼされ、閉ざされてしまう脇道がどれだけあるか。脇目を振りまくり、寄り道ばかりし、社会にとって余計なことしかせず、社会の余剰によって生かされている自分のような人間にとって、これはもはや「勝手に消えてなくなってください」と言われるのに等しい。そもそも市民の命や人の尊厳自体が、異常に軽く扱われている国です。ひどいニュースを目にするたび、あなたたちのことは助けないよ、という態度に触れるたび、こちらの自尊心がざりざりと削れていく。そうだよね、私たちのことなんてどうでもいいよね。力が抜けて、理不尽に納得してしまいそうになる。そんなの絶対に違うのに。

三日に一回くらい官邸のご意見フォームに文句を書き込みながら、ここのところは毎日のように家の近所を散歩しています。無力感に体が溶けてしまわないように。気持ちが渇いて縮こまり、視界が暗くなってしまわないように。とくに行くあてもない、本当にただ「歩く」ことが目的の散歩です。知らない角を曲がるのは楽しい。新しい景色を知るのは嬉しい。このあたりは緑も豊かなので爽やかな気持ちになります。涼やかな陰を作る街路樹や、丁寧に整えられた植え込み、よく手入れされた公園の花壇なんかを見つけるたび、ほう、とため息が出る。

引っ越してきたときから、この緑の美しさに感じ入ることは多々ありました。でも今年はとりわけ堪えてしまう。この場所に樹や花があってほしいと願った人がいて、丹念に面倒を見てきた人がいるのだ、と。別に、こんなところに花なんてなくたっていい。ちっとも差し迫っていない、ただそこにあるだけの彩り。何かしらの義務で植えるにしても、適当に種を蒔いて、適当に育つのに任せたっていいのです。花壇のビオラは気の利いた配色で、ふくふくと艶やか。とても大事にされているのが一目で分かりました。

住宅地へと足を伸ばしてみれば、庭先に花を植えているお家もよく目に入ります。とくに今の時季はチューリップがきれいです。伸びやかな茎。齧ればしゃっきりと音を立てそうな、肉厚で鮮やかな色の花びら。まばゆさに涙が出そう。チューリップの花がこれほど美しいものだとは知りませんでした。花咲く季節がこんなことになっているなんて、球根が埋められたときには誰も予想しなかったでしょう。でも今年、この場所に花が咲いていてよかった。うろうろ歩いて、この花が見られてよかった。ここには見知らぬ誰かの「よく生きようとした」痕跡がある。

きれいなものを見たい。素敵なものに触れたい。自分の居場所を少しでも祝われたものにしておきたいという、ささやかな意志。誰かにとってのそれがどれほどの切実さを持つものなのか、私には分かりません。かけがえなんて全然あるかもしれないし、ただ一つもないかもしれない。花咲く庭はこの場所を持つあなただけのもので、けれどもこの庭があることで、この世界は「花咲く庭」のある世界になる。開かれた世界の中で、私はそれに出会うことができる。別に今日じゃなくてもいい。明日でも、一年後でも十年後でもいい。ひょっとしたら一生会うことなんてないかもしれない。それでも、世界はそのようにあるのです。あなたがその庭を手放さない限りは。

自分だけの「庭」を失わずにいる。それは実のところ、とても困難なことなのかもしれません。その庭の価値を知っているのはあなただけで、他の誰かにとっては、これ以上なくどうでもいいものかもしれない。あなたがそれをどれだけ大切に思おうとも、心ない人がやってきて、明日にもそれを冷たい土の下に埋めてしまおうとするかもしれない。そんなものに価値なんてない、という声に心を少しずつ削られて、だんだん庭の美しさが信じられなくなる。そうして最後には自らの手でそれを捨ててしまうことだって、あるかもしれないのです。

それでも私は私の庭を捨てたくないし、あなたにも捨ててほしくはない。疲れから手入れを怠って草がぼうぼうになっても、日課の水やりができなくなってもいい。それでもそこに庭があるのだということだけは忘れずにいたいし、いてほしいのです。草だらけの庭も野趣があって良いものだし、人間がちょっとくらい水やりを忘れたところで、雨は勝手に降る。それでもきれいにしておきたいと思うのなら、調子と天気の良い日にお世話をすればいい。他ならぬ自分自身が「素敵な庭だ」と思えるように。他の人に素敵だなと褒められるのも、それはそれで嬉しいものですけどね。

もう現実がままならなすぎて頭がどうにかなってしまいそうですが、どうか体も心もお大事にしつつ、各々自分の庭を守っていきましょう。たまには気晴らしと体ほぐしに、外を意味なく歩き回ってみてくださいね。素敵な場所を見つけたら、ぜひ教えてください。それでは、またいつか。

おわりに

ここまで読んでくださってありがとうございます。

この二年ほどの間、こうしてみなさんにお便りを書くことが私の大切な癒しであり支えでした。

最後ではありますが、何から何までお世話になりましたタバブックスの宮川真紀さん、お守りのような装画を描いてくださったのむらあいさん、ずっと装丁をお願いしたかったデザイナーの惣田紗希さん、書けるときも書けないときも応援してくれた山田宗史さん、正しく素敵な本に仕上げてくださった組版さん・校正さんと印刷・製本所のみなさま、本をはるばる行き届かせてくださった書店や取次のみなさま、そしてこのお便りを受け取ってくれたあなたに、最大の感謝をおくります。

どうかみなさま心と体をお大事に、なるべくたくさんの良い日に恵まれますように。

餅井アンナより

初出一覧

へんしん不要　２０１８年４月～２０２０年３月	http://tababooks.com/taxtbinfo/henshinfuyo
「おいしい」と思うことの恥ずかしさについて	『仕事文脈　ｖｏｌ・９』「食と生き恥」を改稿（２０１６年11月）
きつい現実、つらい感情、 しんどいＳＮＳに倒れないために	『仕事文脈　ｖｏｌ・13』（２０１８年11月）
いつか私も天竺に行けますか	『仕事文脈　ｖｏｌ・15』（２０１９年11月）
「元気？」と聞かれるとちょっと困る／ 追伸　自分の「庭」を持ち続けること	書き下ろし

餅井アンナ

1993年宮城県生まれ。ライター。食べること、性、ままならない生活についての文章を書いています。連載に「妄想食堂」(wezzy)、自主制作冊子に『食に淫する』『明け方の空腹』など。『へんしん不要』が初の単著となる。

06
SERIES 3/4

へんしん不要

2020年10月22日　初版発行

著者　餅井アンナ
発行人　宮川真紀
装丁　惣田紗希
装画　のむらあい
発行　合同会社タバブックス
東京都世田谷区代田6-6-15-204　〒155-0033
tel : 03-6796-2796　fax : 03-6736-0689
mail : info@tababooks.com
URL : http://tababooks.com/

組版　有限会社トム・プライズ
印刷製本　中央精版印刷株式会社

ISBN978-4-907053-43-7　C0095

シリーズ 3/4

3/4くらいの文量、サイズ、重さの本。
3/4くらいの身軽さ、ゆとりのある生き方をしたい人へ。

各 1400円＋税

01 バイトやめる学校
山下陽光

リメイクブランド「途中でやめる」の山下陽光が校長の「バイトやめる学校」。バイトしないで暮らしていくための理論と実践を紹介

02 あたらしい無職
丹野未雪

非正規雇用、正社員、アルバイト、フリーランス。
東京で無職で生きる、39歳から41歳の日々のはなし

03 女と仕事
「仕事文脈」セレクション

『仕事文脈』「女と仕事」特集号を中心に、女性の書き手の文章を再編集。見なかったことにされているけど、確実にある女と仕事の記録

SERIES 3/4

04 田舎の未来 手探りの7年間とその先について

さのかずや

実家の父親が体調をくずして仕事をやめたことをきっかけに、「田舎の未来」のことを考え、実践し続けた若者の7年間

05 くそつまらない未来を変えられるかもしれない投資の話

ヤマザキOKコンピュータ

投資家でパンクスの筆者の視点で見る経済、社会、お金。楽しい未来を自分の意思で選ぶための投資という新しい提言